我们追求的也许不是某个人

第二个
QUESTION 2
问题

你为爱情做过
最蠢最好笑的事情
是什么？

关于爱情，

每个人都会拥有许多值得回味的记忆。

一些事后看起来傻傻的行为，

在当时可能觉得是用尽自己单薄的身体里

蕴含的全部力量才能做到的事情。

爱情的世界中，你期待过，你执着过，你

努力过，那便是属于你的美好时代！

情这颗酸酸甜甜的糖

@野虎都没我野

知道喜欢的人和别人在一起了，我醉得稀里糊涂的，在马路上趴在别人车前大哭，还和流浪狗对叫。笑哭了一大帮朋友。

@清衣寒茶

大概是，明明有两把伞，专门把另一把藏起来，就为了和他撑一把伞回宿舍吧……

@信奉吾鹿

哈哈哈为了拍照秀恩爱（想给他形象加加分），我给他修眉毛，结果把他眼皮划伤了，1 米 8 的大老爷们差点疼哭了。

@是四元啦

开家长会，他妈坐我旁边，我直接喊了声“妈”。

@扫晴是个妖怪

有段时间喜欢网上认识的小哥哥，然后天天装萌妹子。后来无意间加了对方的同学才知道所谓的小哥哥是女孩子！女孩子！女孩子！啊，当时卖萌是为了什么！

WE MAY NOT BE LOOKING FOR SOMEONE.
BUT LOVE THIS SOUR SWEET TASTE.

What's the stupidest and funniest thing you've ever done for love?

@盐渍鱼_Vishnu

为了吸引他的注意力诬蔑他，后来果然吸引了他的注意力，然后友尽了……

@清风

哭着给她闺蜜打电话希望帮忙劝一劝，结果闺蜜说我不成熟、活该，让我别再打扰她们了。当时就很气！要不是我哭得难受说不出话，能让人这么怼？真是太蠢太可笑了。

@暗七七七七

为了偷偷从班级门上的窗户望他一眼，去关门，结果手指甲穿刺了真是蠢得不行，结果还是没看到他。

@麦子

我为爱情做过最傻的一件事是在他的城市的车站里等了他 19 个小时，他没有来。

@手写的帝王 201710

小心收藏她送的每一件东西，连她不小心给我的伤口都舍不得让其愈合。

@千秋的岁月之茶

明明互删微信，听朋友说他喝酒，又跑出去把他捞回来。

@黑白时光柒柒

在QQ每天发一条说说，并且@他，后来他就把我删了，悲催。

@子自归

半夜做梦，梦见喜欢的人出事了，第二天一起床就夺命电话连环call，打不通就直接去砸门了。永远忘不了刚睡醒的他看见哭着砸门的我手足无措的样子。

@聪明绝顶_杜桐七嗷

吵架分手删好友，又舍不得，最后死乞白赖求人家加回来。

@鲜花与春

恋爱期间做什么都很蠢，就是那种看着他笑心都要融化了的感觉，也喜欢看他吃东西。因为看他吃东西特别香，然后我这个坚定的面食党连着吃了几个星期的炒米饭。

欢迎大家参与到《糖衣炮弹》最有趣的灵魂拷问中来。人生的每个阶段都会有各式各样的际遇，保持对生活的热情，不论未来会怎样，至少这一刻的你……酷到没朋友！

It's your good time!

Pick非常男友

图 / 麦茶喵

8款非常男友等待小仙女挑选

请伸出你的手，PICK你喜欢的小哥哥，为他应援吧！

“谁都不能欺负

The Little Girl I Like

我看上的小姑娘。”

NAME 平羌《河神的新娘》

萌/点 自大 / 傲娇

特/长

一旦开始家务就停不下来

“是有点丑，

I Like You

可不管多丑我都喜欢你。”

NAME 何沚金《诺亚方舟》

萌/点 腹黑 / 运动型

特/长

任何网络问题都能顺利解决

“你超级能吃，超级能睡。让我超级爱你。”

Love You So Much

NAME 徐镱《如何有效地和男友分手》

萌/点 毒舌/臭屁

特/长

在我怀里方圆三公里无危险

“欢迎你，来到我的星球。”

My Planet

NAME 齐数《话痨小姐的害羞树先生》

萌/点 害羞/醋坛子

特/长

随时可以成为依靠的人形抱枕

“我的白菜，
You Are So Cute
被拱了。”

NAME 广白《遇见一只妖》

萌/点 心软/爱搞笑

特/长

倾听所有心事的树洞

“一起坐云霄飞车吧！
Roller Coaster
不会成蛋花了。”

NAME 阿蛋《他的蛋》

萌/点 腼腆/田螺姑娘

特/长

像田螺姑娘一样的执事

“接受了我的时候，
My Sunshine
我就像是看到了光。”

NAME 陈子熠《私闯狼宅的后果试举例》

萌 / 点 高冷 / 大狼狗

特 / 长

会做朴素美味的精致糕点

“要不，
Be Your Man
我做你的人也可以！”

NAME 伯爵大人《哟！伯爵伯爵》

萌 / 点 废物 / 装傻充愣

特 / 长

除了撒娇就只有财产了

LOVE

男友力 Max 你感受到了吗？如果没有找到你心水的非常男神，本书还为大家准备了更多款式可供选择哟，请开始你的阅读吧！

糖糖主编

糖衣炮弹

小 甜 点 の 故 事　补 充 每 日 糖 分

2

我 的 非 常 男 友

长江出版社
漫娱文化

糖衣炮弹

目录

Sugarbomb

虚拟男友

Virtual Boyfriend

鬼怪男友

Ghost Boyfriend

I Like You, Like Your Mother Beat You, No Reason.

Intertemporal Boyfriend

跨时空男友

Divergent Boyfriend

异次元男友

S U G A

虚 拟 男 友

B O M B

「我很重要吗？」

「嗯，多重都要！」

租来的男友

Rental Boyfriend

Text / 柚子多肉

柚子多肉：狗血甜文懒废小仙女荣耀50星写手！

01

潘柠25岁生日这天，闺蜜送了一份大礼给她。

闺蜜：生日快乐小宝贝，很抱歉我人在外地出差，不能陪你过生日啦，不过我送了一份大礼给你哦！

潘柠：谢谢，什么礼物？又是包包么？

闺蜜：不是哦，每年都送这个，太没有创意了。

潘柠：不不不，包包挺好的，你别给我整有的没的就好。

闺蜜：什么叫有的没的？

潘柠：前年我生日，你拉我去酒吧，给我找了十个男的轮流……

闺蜜：轮流相亲，你好好说话，不知道的人还以为我怎么你了。

潘柠：嘻嘻。

闺蜜：反正今年的礼物，你肯定会喜欢的。

潘柠：到底是什么？

闺蜜那边可能是在忙，一时没有回复她，潘柠就先去上班了。在地铁上的时候，闺蜜突然给她发了一个 APP 的下载链接，潘柠莫名其妙，下载之后发现是一款和微信差不多的软件，好友列表里仅有一人。

她还在研究这是什么东西，闺蜜的信息就跳出来了。

闺蜜：APP 下了吗？我给你找了一个男朋友，看到了吧？

潘柠：啊？

闺蜜：我在淘宝网上订购的人工智能"虚拟男友"，完全是按照你的喜好挑的，因为你的喜好比较特别，所以这一款的价格比别人的都贵，我买了 24 小时，你好好享用噢。

潘柠：你疯了吧？花钱买这个？

闺蜜：你不是手机控低头族的宅女么？给你介绍个真的。人家约你你也不见得乐意出去嘛，何况你今天还上班呢，这个不是非常贴心的礼物么？

潘柠：……可以退钱么？

闺蜜：不可以哦小可爱。

02

闺蜜给自己定制了一个男朋友，想想还真的是，又羞耻又刺激。

她还是挺好奇闺蜜对她喜好的定位的。

谁知那边那位却迟迟没有说话。

潘柠等了一会，等到她都下了地铁进了公司，那边都没开始说话。

按捺不住的潘柠率先发了信息过去。

她发了个问号。

对方也回了一个问号。

她开玩笑地发了一句话过去：请问是我的男朋友吗？

对方只回了一个字：是。

潘柠当即就乐了。这个人设非常好，她就喜欢这种高冷款。

潘柠又问：怎么称呼？

对方隔了一会才回答：……叫老公就好。

潘柠又笑了好一会。

因为沉迷于与"男朋友"聊天，即便是上班了，她也一直盯着手机，悄悄回信息。

虽然对方一直是高冷人设，答话也是漫不经心的，但是大概是因为这是花钱买来的定制人设，所以对于潘柠来说，对方性格特别讨喜，她就是喜欢和这种类型的人聊天。

而且她本身是话痨，根本不担心冷场。

03

临近下班的时候，潘柠告诉他今天是自己的生日，对方显然愣了一下，隔了一会才跟她说生日快乐。

潘柠："就一句生日快乐吗？"

他问：那你想要什么生日礼物？

潘柠：想要听你说话。

那边毫不犹豫地发来了一段语音，虽然只有一秒钟，只有四个字。虽然知道现在人工智能的声音都是精心调制出来的，但是潘柠还是听得骨头都酥了。

潘柠：你声音好好听哦，能不能多说几句啊？

对方干脆利落地回了一个字：不。

真是高冷至极。

晚上潘柠和朋友一起吃了顿饭，饭后又一起去了 KTV，一群人吵吵闹闹到一点多才散场。这期间潘柠几度想要和"男朋友"说话，都被朋友抢走了手机。

等她回到家翻开 APP 的时候，才看到几条未读信息。

"男朋友"：？

"男朋友"：人呢？

"男朋友"：再不出来举报了。

又傲娇又可爱。

她立刻回复，哄他：我刚刚在和朋友吃饭啦。

"男朋友"：……

潘柠又问：别生气啊。

"男朋友"：生气。

潘柠又被逗笑了。

两人又聊了半小时——说是聊，其实一直是潘柠在主动找话题，那边只负责发几个字。潘柠不得不感慨，她怕是最好对付的客人了，一天下来对方要说的话都不需要超过一千个字。

最后还是对方说要休息了，潘柠才结束了谈话。

放下手机之后潘柠才反应过来，咦？她不是客人吗？顾客不是上帝吗？她付了钱的，为什么他说要休息就休息啦。

第二天她不用上班，睡了个懒觉，起来的时候已经九点钟了。

翻开手机又是几条未读信息。

“男朋友”：？

“男朋友”：还没上班吗？

“男朋友”：我们只有两个小时了。

“男朋友”：现在只剩一个小时了。

潘柠莫名其妙：什么一个小时？

“男朋友”：服务时间，只剩下……45分钟了。

她才想起来，闺蜜只给她买了一天的时间。

潘柠：这有什么，咱续时呗。

“男朋友”：不能续。

潘柠：为什么？

“男朋友”：这个服务是单向的，一旦下了订单就不能修改、不能续时。虚拟的毕竟是虚拟的，这是防沉迷系统。

潘柠失笑，说得还挺有道理的。

她看了一下时间，就剩30分钟了，一下子却不知道该说什么好了。

好在她的男朋友又发来了一句话：我，挺喜欢你的。

潘柠也笑着回复：我也挺喜欢你的。

毕竟是她闺蜜亲自替她选的人设。

说完之后对方也没有再回话过来，她不知道要说什么，过了五分钟，才又问他：你还在吗？

对方很快就回复了：在。

潘柠：在干吗？

“男朋友”：对着聊天对话框发呆。

潘柠笑了：我也是欸。

他发了一个憨笑的表情过来，不知道为什么，潘柠觉得他是真的笑了。

服务时间终止之后，潘柠尝试着再发信息过去，但说出去的话前面已经变成红色感叹号了。

潘柠怅然若失。

04

这么怅然若失了半个月，忽然又收到她闺蜜发来的一条新闻链接。

闺蜜：我之前给你买的那个虚拟男友，是个骗局！

潘柠心头一紧，连忙点进链接里去看，发现原来那个高级定制人工智能“虚拟爱人”是个彻头彻尾的骗局。开发商只做出了一个简陋的APP，再做个推广，就有相当多的一部分客户购买了，然后开发商再从这些客户的需求中做配对，双方的性格和需求一致的话，就将他们推给彼此。用户双方都以为对方是人工智能，实际上开发商只是做了个中间人，就赚取了天价利润。

真的是艺高人胆大。

潘柠：天哪！意思是我那时候的男朋友，是真实存在的？他也是购买人工智能的用户，然后把我当成人工智能了？

闺蜜：他们还有实时监控的，就是你们的每一条信息都会经过筛选，有可能暴露真相的信息，他们不会让它发出去。

潘柠完全听不进去闺蜜在说什么，整个人高兴得不行：我的天，真的存在这么合我心意的男人！

闺蜜冷静地给她泼水：据了解，购买该服务的男性，多为肥宅，你理想中的完美男朋友，可能是个油腻的抠脚大汉。

潘柠：……

她关注了相关的新闻和信息，新闻爆出来的时候，许多被欺骗的用户都在底下骂，要求退款，也有部分人在下面寻找自己当初“购买”的另一半。

接着搭桥的微博应运而生，每天都有很多用户在各个社交平台上晒聊天记录找对象。

两个星期之后，反馈的微博也应运而生，有成功牵手的，也有见面就跑的，当然大部分还是惨不忍睹的，毕竟长得好看的人，现实生活中普遍会有对象。

各种吐槽看得潘柠一边觉得好笑，一边萌生了退缩之意。

就在她犹豫当头，一个粉丝很多的搭桥微博发了一条粉丝的私信，那条私信是这样说的：我在这个APP上看到了很多对互相喜欢的人，这个骗局曝光了半个月，我几乎每天都会留意搭桥微博的评论，但是始终看不到我眼熟的聊天记录。我喜欢的那个人，根本就没有在找我。还有什么比这更让人伤心的吗？

博主问他：你为什么不先尝试着找她？

那人回复：可能她也怕看到我之后会失望，既然如此，我还不如就保留我在她心中最完美的印象。

这条微博引起了轩然大波，可以说是说出了很多人的心声，而且因为他的措辞里说的是“她”，可见投稿人是个男生，于是越发让人觉得痴情。

看到这条微博的潘柠，当即就在这条微博下放出了自己的聊天截图，并说：找男朋友！

她没指望对方会立刻看到，但是那么多平台，那么多博主，她一个一个贴，不信会看不到。

结果她才换了个微博评论，刚刚那个博主就来私信她了，还发了一堆感叹号过来：原来你就是女主角！

潘柠：？

博主：刚刚我发的那个微博，私信我说不敢找喜欢的人的男生，就是你的男朋友。

潘柠惊呆了。

博主发了聊天截图给她看，果然，那段私信下面还有博主缠着他要他给截图，以便日后女生出现之后能最快得知。

谁知道他给了截图不到两分钟，她就评论了截图。

而且恰好两人截图的地方一模一样，都是“我挺喜欢你的”那个部分。

博主二话不说，就把对方的联系方式给她了。

潘柠完全没有回过神来，博主又说：嘻嘻，我刚刚去男生的微博溜了一圈，他长得很好看哦，还好你没有错过。

潘柠一颗心怦怦直跳。

她退出微博，隔了大概半小时，才反应过来，给那个人打电话。

那边很快就接了，潘柠太紧张了，一句话都说不出来。那边也是一阵静默，而后才是一声轻问："女朋友？"

"啊？"潘柠傻乎乎地应了，"是我，是你吗？"

那边似乎轻笑了一声："生日快乐。"

是了，这句让她魂牵梦绕的四个字，完全对得上音轨。

"对不起，我现在才找你。"

他的声音很温柔，似乎怕吓到她了："没关系，我也是刚才才鼓起勇气投稿的。"

"我就是看到你的投稿，才决心找你的。"

他又在那边笑了一声，问："你在哪个城市？我想来找你。"顿了顿，对方怕她拒绝，又连忙说，"我不丑的。"

潘柠"扑哧"一声笑了："你不怕我丑吗？"

"我喜欢就行。"

潘柠被他这句话弄得满脸通红，报了自己所在地之后，他说离他不远，两个小时就能到。

"你加一下我微信吧？"潘柠说，"就是我的手机号码。"

"我不敢加。"

"为什么？"潘柠奇道。

男生的声音有些幽怨："我对那个红色感叹号有阴影了。"

潘柠想起他们服务时间到时后那个代表无法发出信息的红色感叹号，有些好笑："那时候也没觉得你有多喜欢我啊。"

"喜欢，只是那时候觉得你是人工智能，所以克制了，后来知道是真人，感觉就排山倒海地来了。"

这个人说起情话，人设都崩坏了。

“你现在在哪儿？”他问。

“啊？我在家啊，还没起床。”

“那你，起来先吃个早餐，我大概两个半小时后到，一起吃午饭怎么样？”

潘柠“噌”地从床上坐起来：“你说什么？”

“我现在已经上车了，得知你有了我的电话之后，我就直接到车站了。”他说，“我在市中心等你，女朋友，不要再让我久等了。”

END

如何有效地和男友分手

Break Up With Your Boyfriend

Text / 七月流火

七月流火：一个假的甜文写手。

01

“生鱼忧患，死鱼安乐”。

作为一条被风干得有盐有味的咸鱼，纵然冒着被上司抓包的风险，南音还是偷偷摸摸地在上班时间掏出了手机。

一条微博推送安静地躺在屏幕上。

@恋爱吐槽君：男友很帅很好很爱我，我也爱他，请问如何简单粗暴并行之有效地让他尽快离开我？［图片链接］

被博主恋爱吐槽君一贯以来的“搞事情”风格的总结所吸引，南音兴致勃勃地点了进去。

“吐槽君你好，我又来投稿了。

照例自报家门：男友颜值满分，我，血统纯正的“颜狗”。

之前在广大网友的帮助下找到了和男友相处的方法，非常感谢，这次又遇上了新的问题，所有只好又来打扰。

我和男友已经同居两年，生活甜蜜、关系稳定，半年前却出了点问题。

一年前，男友说了他的身世背景，我当时就震惊了，好不容易接受了事实，却后知后觉地意识到我和他……可能根本就没有未来。这样的想法一直烦恼着我，所以我又控制不住地想和他分手了。

说到底还是因为我自身的缺点。怎么说呢，恋爱于我就像是追小说一样，如果明知道这是 bad end，是个没有结局的故事，我就不敢跳坑了。

可问题是，我是"颜狗"啊。

男友太帅了，每次看见他对我笑，我就说不出分手的话。偏偏他又对我很好，这半年来，我明明超认真地提分手，结果每次说完，都觉得自己像是无理取闹[捂脸]。

我是自由职业者，虽然长时间都宅在家里，但是对家务什么的并不擅长，基本上都是他在做。同居之后，我就可耻地过上了衣来伸手、饭来张口的生活，大事小事男友也一直迁就着我，本来我生活作息极不规律，却被他压着成了一个中年养生妇女。天知道熬夜对我的吸引力有多大，只是一看到男友那张脸，我就拒绝不了。

可是最近发生了一些事情，促使我下定了和他分手的决心。

总之，我想知道怎样才能让男朋友尽快离开我，越快越好。

PS：捂住眼睛说分手这招就算了，我试过了，没用。他犯规地亲我手背。"

南音一口气看完了全文，预想之中的劈腿狗血车祸梗都没有，反倒是一股恋爱的酸腐气息沿着网线穿透屏幕扑面而来。

千防万防，还是没料到现在的狗粮更新换代这么快，居然还能打着分手的旗号秀恩爱。

很好，别人家的男票从没有让她失望过。

南音想起了自家划石头剪子布来决定家务活，眼泪都快掉下来。说好的石头剪子布，十有八九都是她输。从小到大，她一直都被徐镱欺负，从未成功反击。

通读完阅读理解题，题干没顾得上，南音倒是光顾着想投稿人的男票有多么暖了，想了想，又有点遗憾原博主不知道珍惜，这么好的男票，怎么要分手呢？

南音努力想了想自己要是向徐镱提分手的话会是什么个景象……结果，根本想象不出来，反而瞬间脑补了一长串徐镱怼她的话，欸，估计得被骂死。南音愣了愣，突然意识到虽然一直被气，自己却从未想象过生活里没有他的样子。

徐镱这个人，虽然嘴巴毒了点，脾气坏了点，天天欺负人，整个人“龟毛又臭屁”，但总归是自己挑的对象，除了受着，还能怎么着呢。

不过，适当的敲打还是很有必要的。

南音翘起嘴角，手指微动，用微信把帖子转发给了徐镱，附言一句：“看见没，100分的男朋友都会被提分手，你这种挣扎在及格线上的小心点。”

微信上的回复来得很快，快到南音能够肯定徐镱没有点开她的链接，就直接扔了几串字过来。

“打开微博，编个新故事。

“随时随地，编个新故事。

“编个故事，总会骗到傻子。”

南音忍不住质疑半分钟前的自己，她怎么会觉得徐镱能和及格线联系在一起？明明还差十万八千里。激愤之余，她飞快打字：“这个社会怎么了，人和人之间能不能多点信任？”

“营销号，假。

“浮夸风提纲，更假。

“毫不掩饰的搞事之心，非常假。”

否定三连。

南音深感智商受到了侮辱，飞快切换页面，果断地点进了微博原帖，本一心想找点对自己有利的评论，结果满眼全是自己脑子进水的佐证。

@N-_-Orz：看前半截我以为在秀恩爱，最后突然问分手？第一次觉得恋爱吐槽君标题党式的总结如此精准。

@Alice风萧萧：言辞夸张，原博主可真作，心疼你男友。

@顾城v：什么情况？这位朋友，你是想搞事，该不会已经找好了下家想分手吧？

@不若吃茶去：扑面而来的劣质感。最近稿子的质量怎么这么差，吐槽君舍不得花钱买稿子了吗？

@顾萌萌是小可爱：还问什么问，想分手就直说，原博主这么急，该不是下家都已经找好了吧？

@我不是gay：呵呵，我就想知道颜值满分的男人长什么样。

@申冬奥哈发：还“身世背景”，我们亲爱的帅气逼人的男主不会还是什么皇室的继承人吧？吐槽君的稿子真的编得越来越不走心了。

……

南音凄凄惨惨地刷着评论。

那边徐镱却掐准时机发消息过来补刀："怎么样，在评论里找不到几个和你智商相契的同类，是不是挺遗憾的？"

南音恼羞成怒，回了一个"滚"，现在一回味，好像那篇投稿真从头到脚洋溢着骗人的气息。

"少刷微博多干活，一个月就四天假，上周加班不够，你这周还想加啊？"

"哪壶不开提哪壶啊你，烦人。"南音被戳到伤心事，发了一个号啕大哭的表情。

"感冒好点了没？"

南音吸了吸气，还是有点鼻塞："好多了，一早上都没有咳嗽。"

"再咳，血都能咳出来了，一个月三十天，感冒二十八天，能耐得很啊你。"

南音翻了个白眼，敲字争回去："你以为我想体质差啊，难受的是我好不好？"气人，明明是关心，好好说句话不行啊。

"多喝热水。"

南音用手捂脸，叹了一口气："好。"还是不要说了。

"公司里有伞吧？"

对面突然稀里糊涂来了一句，南音不疑有他，一脸蒙地回复了一个"嗯"。

"待会儿估计有雷雨，我手边有点事，下班来不及过去接你。"

南音心里一凉。从她公司往回家的公交站走，会经过一个烂尾的小区，闲置了几乎一年，荒草丛生、人迹罕至。

南音每次路过那里都怕得要死，满脑子全是字，一半是微博知乎天涯豆瓣上的恐怖小说和拐卖故事，一半是内心活动组成的弹幕，往往嘴上“临兵斗者皆阵列在前”念个不停，右手更是紧紧攥了一瓶防身用的辣椒喷雾不敢离身。

南音曾给徐镱说过她对那个废弃小区所有关于鬼神狐禅的想象，不过徐镱只是轻描淡写扫了一下小区的方向，回头就给了她一个白眼。

啊啊啊！可她是真的怕啊！

然而下一秒，徐镱已经给她发了一个微信红包：“打车回来”。

南音心里一甜。

有的人或许不一定懂你，但不影响他爱你。

02

像是有人掐着表似的，十二点整，倾盆大雨从天而降。

黑云压城，笨重的云层相互挤压、撞击，亮眼的银、矜贵的紫从呆滞的墨色里脱颖而出，轻而易举将天空撕裂，转瞬又重新潜回墨色里。随之而来的，便是震耳欲聋的雷声，一道又一道，响得像是有人在心房击鼓，震动和声波以心脏为圆心，一层层地漾开去。

大雨让城市变成了飘摇的舟。

南音吃着午饭看着窗外，庆幸自己有带盒饭的习惯。

午休时间南音习惯性地刷起微博，却没想到上午的帖子早就有了新的展开，经过两小时的发酵后，热度更是大增，“嗖嗖”地蹿上了微博热搜。

@恋爱吐槽君：后续 [图片链接]// 男朋友很帅很好很爱我，我也爱他，不过如何简单粗暴并行之有效地让他尽快离开我。[图片链接]

我是原博主，没想到吐槽君在今天把我的投稿发出来了。

因为我自己不擅长社交，不知道怎么处理人际关系，之前又曾在吐槽君这里得到过帮助，所以这次遇见事情之后，下意识地又来求助，却完全没有想到会引发大家的各种质疑。

简单回应如下：

1. 这不是编的。

2. 这不是秀恩爱，这是正儿八经的求助帖。

3. 事件从始至终只有我和男票两个人，没有第三人掺和。

只是距我上次投稿，已经过去两天了，事态变得更严重了。

本来男友早该尽快回家一趟，但是他怎么都不愿意离开我，所以一拖再拖。我提分手，他不走，哄着他说不分手，他也不走。可他要是不回去，后果可能会非常严重。昨天他从外面买菜回来，拉着我出门去住了酒店，虽然他没有明说，我还是猜到了有人跟踪他。在我反复询问之后，他才松口承认。

我是他留在这座城市的执念，可这座城市对于他却是危机四伏，偏偏即便我提出陪他回家，他也选择拒绝。如果一段关系注定不能给感情里的双方带来积极正面的结果，那还有什么存在的必要？！

我后悔了，一年前我就该和他提分手的，不，更早，一开始我就不应该答应的。

到底怎样才能让那个傻子死心，自己快点逃啊？诚求可操作性强的分手攻略，越详细越好。

南音看得一愣一愣的，这种一本正经胡说八道的即视感是什么鬼？乍一看有点假，捉摸一下，又觉得投稿人的态度非常认真，最后莫名其妙还有点想笑。

不过南音这次学乖了，在做出自己的判断之前，先去刷了刷评论，结果不刷不得了，一刷吓一跳。

正主出现了。

@杀死小乔：我知道了，事情是这样的，原博主乃村里的姑娘，闺名小芳。她男票则是殇紫雪·流川·夜照影澪家族的唯一继承人，一次偶然的相遇，拉开了他们注定纠缠的一生，男主的家庭不能接受女主低级的血统去玷污他们家，派出了手下想要带回家族唯一的继承人……

@全球官方认证RDJ的老婆 回复@杀死小乔：哈哈哈笔给你，继续写。

@我是高冷的小号 回复@杀死小乔：这位兄弟……我不叫小芳。

@用户67246445417：这个要是真的的话，遇见跟踪真的有点吓人欸。

@我是高冷的小号 回复@用户67246445417：真的。

@AFATRGGZ：生命危险？原博主不考虑一下报警吗？

@我是高冷的小号 回复@AFATRGGZ：谢谢，不过我们不能报警，警察管不了这件事。

@用户67246445417 回复@我是高冷的小号：咦？正主？

@柿子君东征 回复@我是高冷的小号：原博主？

@刻意TK 回复@我是高冷的小号：妈呀，我要送你上去。

……

@不若吃茶去：等等，博主的ID好像有点眼熟啊。

@_fine_：我想起来了！原博主以前也投过稿，说捡了个田螺先生回家，男朋友长得帅又对她超好，她觉得配不上想分手来着，当时也有很多人以为是假的，吵了半天，一直到原博主跳出来晒图才消停，我记得超清楚。

@爱八卦的退休干部：好像是有这回事……去年10月的爆帖？

@超大狗粮桶：啊，啊，啊，求指路。

@不若吃茶去：我把她之前的投稿找出来了[图片链接]。

我和男友的相识，得追溯到前年我在市郊的4A景区鹿鸣山迷路一事。当时我一路拿手机APP识别路边的植物，回过神来的时候，天都快黑了。我很害怕，他却突然出现，像是黄昏穿透树梢落在地上的一道光，带我找到了下山的路……

等我们到了山下的公交站之后，他说他找不到回家的路了，让我收留一下他。

我三次元社交恐惧症嘛，竭尽全力地拒绝了一遍，他却装作没有听懂。

现在回想起来，都是套路。

可是他太好了，我又这么平凡，总觉得不真实怎么办？他会做饭，还会浇花，我那些濒死的多肉都被他养活了，而且他还长得那么帅！

我不想掉坑里啊，现在回头还来得及吗？到底怎样才能和长得帅的对象分手？

@柿子君东征：还真是熟悉的画风……我居然觉得博主有点萌。

@超大狗粮桶：噗，从去年分手分到现在都没有分成功？

@别动我的爱情：嗷呜，我居然觉得有点甜。

@N-_-Orz：这是秀恩爱吧？这特么就是秀恩爱吧？！卒。

……

@我不是gay：我摸去原博主微博看到了她男友的照片，真帅，想要。

@吃不吃我的小饼干：什么！有帅气的小哥哥？加我一个。

……

@不不不不不是二货：事情的走向有点迷，我看不懂了。

南音心有戚戚地给这条评论点了赞，随后也顺藤摸瓜点进了@我是高冷的小号的微博，倒也凑巧，南音和博主竟然还是同城。

乍看就是一个平平无奇的微博，没有简介，发出的内容也多半和天气、植物有关，还有一些日常，唯一特别的就是那张占据着她微博热门内容的照片。

那是一张男人的正面照。

穿着衬衣的男人在晨光里浇花，像是察觉到了恋人在照相，回头对着镜头温柔地一笑。

南音心虚地锁了屏，看了看壁纸上的徐镱，自欺欺人地在心里默念三遍：徐镱最帅。

念完之后，解锁，毫无压力地继续"舔"起了别人的颜。

这条微博发出的日期还在去年三月，下面的转发量和评论数早已上千，现在又开始以惊人的速度增长。

南音欣赏起了以前的热评，日期大多都在半年前，推测起来，大概是博主第一次去吐槽君那里投稿之后慕名而来的网友。

@啊呸嗯：博主您确定您要和照片上的这个男人分手？

@你怎么还没有睡：博主和男友分手成功了吗？

@我是高冷的小号 回复@你怎么还没有睡：还没有……我一连尝试了两天网上的套路都没成功。

@我是一只快乐的小鲤鱼：分分分！把小哥哥的微信电话QQ号

告诉我！

@美味包子：博主快去找个人劈腿，这样分得快！

@我是高冷的小号 回复 @美味包子：我不爱出门，认识的异性除了他就是快递小哥……他住进我家，快递小哥就再也没上过楼了。

@TayTay的小迷妹：博主可以告诉男友你已经不爱他了，跟他分手。

@我是高冷的小号 回复 @TayTay的小迷妹：这个我已经实践过了，骗不到他。他对我们人类的情绪很敏感，能轻松辨别出人类最本真的情绪，比如善意或是恶意。我好不容易板着脸一个字一个字地跟他说分手，结果他把我抱住叫我不要害怕，他不会离开我的。

@TayTay的小迷妹 回复 @我是高冷的小号：等等，什么叫作“我们人类”，你男朋友不是人类吗？

@我是高冷的小号 回复 @TayTay的小迷妹：emmmmm

……

南音觉得自己好像发现了什么了不得的信息。

果不其然，返回@恋爱吐槽君的微博，她看见了不少所见略同的同道中人。

@顾萌萌是小可爱：原Po到底试图暗示我们什么？这是她以前的一些微博截图，只是冰山一角哦，大家一起来品品。[图片链接][图片链接]

“阿衡带我飞了一次，感觉好爽，原来飘浮在半空俯瞰城市景色会那么好。

“阿衡居然让我的兰花活过来了！今天又是分手失败的一天。”

@神盾局Skye：了不得了不得，原博主居然还会飞。

@gakki 的小可爱：我第一反应居然是，正常。长那么好看，一看就不是人，简直小仙男本身。

@21 世纪好少年：爱国敬业诚信友善，富强民主文明和谐。博主需要加强社会主义核心价值观教育。

@dahfoahfiah：又是个疯狂的营销，上次撒旦教的事情还闹得不够吗，是不是封号才满意？

@一个都不原谅：编故事也讲点基本法好不好，都 21 世纪了，还不是人类。

……

03

“轰！”

窗外一道惊雷。

室内“啪嗒”一声。

为广大劳动人民的智慧倾倒的南音刷评刷得入神，被骤然的声响吓掉了手机，小心脏瞬间紧缩，又在确认手机屏幕安然无恙后放松。

南音从格子间里探出脑袋，望着窗外的雨发呆，现在明明不是大雨的季节，榕城却反常地一连几天都是雷雨天气。

一抹冷峻的银色划过天空。

南音嘴唇微动，无声地数数：“一，二……”

“轰！”

震耳欲聋的雷声，南音整个肩膀都忍不住缩起。雷电源头离这里也就几百米，难怪这么响。

雷雨天她是不是不能玩手机，免得被雷劈？

咦?

南音灵光一闪,拿起手机抖了个机灵:“难怪这几天榕城天天打雷,是不是因为博主男友要渡劫啊?”

意料之外的是,@恋爱吐槽君 给她的微博点了一个赞,并且转发评论了一句:“→_→右边说得好有道理。”

上百个信息提醒涌进了南音的微博。

南音激动地把帖子转给了徐镱:“徐镱徐镱,我成微博热评了!”

对面久久没有回应。

南音估计他在忙,也就没有继续发微信骚扰,美滋滋地继续刷微博、回评论。

@我不是gay 回复@南有乔音:哈哈哈同榕城,“层主”真相了!

@超大狗粮桶 回复@南有乔音:同城同城,强排“层主”说的每一个字。

@_fine_:抬脚,我要扫橘子皮。

@奥赛罗没有家:水土不服只服你。

@白衣淡扫蛾眉雪:嘁,我男朋友是外星人我告诉别人了吗?

@南有乔音 回复@白衣淡扫蛾眉雪:咳咳,其实我男友也算半个道士来着。

南音倒也不是说谎,她和徐镱一起长大,据她所知,徐镱的爸爸、叔叔和伯伯都是给人看风水的,贩卖烟花爆竹也算他们家的祖业了。只是时代在变,徐镱又喜欢摆弄电脑,所以当了码农。

南音的脑洞成功地给广大网友打开了新的思路,上百条崭新的评论涌现。

@Alice 风萧萧：天啊！博主你的男友居然是妖，人妖殊途，回头是岸啊，哈哈，哈哈，哈哈，哈哈！

@ 青城山道人：不知是哪位道友渡劫啊？改日登门拜访。

@ 退堂鼓表演艺术家：近日我夜观天象，只觉得市内城内妖气冲天，原是如此。

@ 曹汪汪今年三百岁：再过两百年，我也会渡天劫的。

@ 吃鸡不刺激：哈哈，哈哈，评论大型修道修仙现场。

@ 曹汪汪今年三百岁：欸，鹿鸣山？我也是鹿鸣山出来的。

@ 我不是 gay 回复 @ 曹汪汪今年三百岁：博主 @ 我是高冷的小号，快来看这里有个婆家人。

@ 恋爱吐槽君 回复 @ 曹汪汪今年三百岁：我也来帮你 @ 我是高冷的小号。

……

在恋爱吐槽君也跟风 @ 了当事人之后，越来越多人加入了 @ 大军。南音也不例外，一边做着工作用的 Excel 表格，一边也不忘按时又去刷一刷微博。

最终，帖子的热度被两条意味深长的回复截图刷上了顶峰。

@ 恋爱吐槽君：[图片链接] 这怎么回事，翻车还是认亲现场？

“@ 曹汪汪今年三百岁 回复 @ 我是高冷的小号：欸，你是悠悠姐？你记得我吗？你、我，阿衡哥我们一起看过《蜘蛛侠》，我还带你吃过鸡。”

“@ 我是高冷的小号 回复 @ 曹汪汪今年三百岁：“……曹曹？”

对热爱八卦的网友来说，今天无疑是丰富多彩的一天。

截至下班之前，南音都还不死心地想看能不能刷出点独家消息来，奈何天不从人愿。她追了大半天的网络反转剧，在贡献了最后的截图之后，便沉寂了下去。虽然帖子的转发数越来越多，评论也千奇百怪，基本上汇集了各路妖魔鬼怪，但是微博@我是高冷的小号和@曹汪汪今年三百岁却再没有出现过。

南音感叹了一下，觉得@恋爱吐槽君的营销手段实在是漂亮，兼具话题性、争议性、反转性，又不失娱乐性，要是她们公司的运营能有这个水平，她们公司的业绩一定"噌噌噌"地往上涨。

雷云不知疲倦地在天上折腾了一下午，终于在傍晚时分消停了下来，如今只多一程风，一程雨。

南音艰难地撑着伞，走在人行道上宛如在蹚水过河，紧绷的心弦却微微舒展。雨天类同于夜晚，独身一人经过那个废弃小区时，路面没有行人，反而比有陌生人更让她心安。

雨声淅沥，可是除了雨声，空气里还有其他的声音若隐若现。

南音低头小心地看着路，自我催眠不要往那个方向看。

看一眼……也没什么吧。

南音偏头遥遥地瞧了一眼。

嗯，只是心理作用，和往常一样，什么都没……有！

"啊——"南音尖叫出声。

黑色的尼龙伞掉在了地上。

04

"别动！"

谁在说话？

短暂的速度失衡让南音感到晕眩，大雨却令人清醒。

她是被人从小区外扯了进来？

几乎瞬间，南音就被大雨浇了个通透，再睁眼，眼前的景观已和方才完全不同。

穿着灰色针织外套的女人立在雨里，将地上那只白色的、发光的鹿护在了身后，而那个拎着根木棍子黑着脸站在二者面前的人……是徐镱？

嗯？

南音用手撩起湿掉的刘海想看得更清楚一些，颈间却突然受力，随即剧烈地咳嗽起来。

“你给我老实点。”少年清亮的嗓音在头顶响起。

南音这才认清受制于人的现实，稍稍仰头，扎着发带的少年模样很是清秀，眉眼里还透着一股稚气，高挑而瘦削，手上的力道却一点都不含糊，被他这么一勒，南音觉得自己的喉咙都差点被对折成两半。

对面的人，脸好像更黑了些。

南音这才确定他真是徐镱。她可能会忘记徐镱笑起来的样子，但是对他的臭脸绝对印象深刻。

那边灰衣女人蹲下了身子，试图将卧倒在地的白鹿扶起来。

南音看见了此生最不可思议的一幕。

大雨漾起的水汽在鹿身周围形成了一个薄薄的、乳白色的圈，如烟似梦，灰衣女子浑身湿透，却动作温柔，她抱住了白鹿的脖子，蹲跪在地上，努力让自己成为对方的拐杖。

虚弱的白鹿无力地倚靠在她身上，脸上却好像带着笑：“现在不和我分手了？”

南音不知道自己该因为看懂了一只鹿的表情而惊讶，还是为自己听见白鹿口吐人言而惊讶。

“闭嘴。”灰衣女子紧紧地抿着唇，显然是用了狠劲，才勉强让白鹿依靠她的力量站起来。

“这次不分手，一辈子可都分不了。”白鹿的声音还夹着笑意。

南音的视线不受控制地被他们吸引。

“喂喂喂你不准过去，你过去我就咬她一口。”少年的声音有些着急。

徐镱停住了迈出的步子，却没有收回：“威胁我？你再抓个人都没用，你们仨加起来都抵不过他一个的价值。”

鹿鸣山的白鹿，从皮到肉，无一不是价值连城，鹿心鹿茸鹿角，更是世间少有的珍宝。

随话音一同落下的，还有徐镱的目光，灰衣女子像是察觉到了他的视线，不动声色地把身体挡在了他和白鹿之间，却没有回头，只是坚定地扶着白鹿往少年身边走去。

徐镱试探性地又迈了一步。

“我可是妖，我真的会咬人的。”少年急了，“要是我狂性大发，把她咬死咬残怎么办？”

南音被少年嘴里的字眼吓到，隔着雨幕眼巴巴地朝徐镱求救。

“我又不认识她，我们人类没有你们妖那么强的同理心。”徐镱面色铁青，整个人都好似一根绷紧的弦。

“你别想骗我。”少年的眉眼一下子鲜活起来，生动得不像话，他得意地把脸往南音身上凑了凑，认真地嗅，笃定地开口，“你们身上有一样的味道，我老远就闻到了。这么大的雨都没有冲散掉，如果不是长期生活在一起，根本不可能沾上。”

徐镱面不改色，满不在乎地耸肩："巧合。"

"是吗？"隔着雨幕，少年似笑非笑地看了一眼冷傲的徐镱，舌尖嚣张地在唇齿间逡巡，最后挑衅地冲着他露出了自己的兽牙。

细白的、被桎梏得紧紧的颈终于重见天日，又很快大面积地暴露了在獠牙之下。

冰冷的雨顺着领口尽数钻进衣服里，南音浑身的鸡皮疙瘩都起来了，条件反射地大叫："徐镱！"

"停。"

獠牙在皮肤表面停下。

"别碰她。"徐镱把手里的法器扔到了地上，"狗鼻子真灵。"

曹伏继续冲着徐镱龇牙。

三角僵持的局面彻底被打破，灰衣女子已经扶着虚弱的白鹿走到了少年身边。

"徐镱你这个混蛋！"南音已经带上了哭腔，又委屈又害怕，千言万语，最后却只憋出一句明知故问的话，"你居然装作不认识我。"

"我敢说认识你吗？"徐镱叹了一口气，再开口的时候语气温柔得不像话，"你怎么没有打车回去，不冷啊？"

南音吸了一下子鼻子，连害怕都顾不上，委屈巴巴："这么大的雨，我到哪儿打车。"

"叫你天天拿着花露水往身上喷喷喷，现在怎么办？"

"什么花露水，我那是香奈儿五号。"

"我说你那个红瓶子的，味大的那个。"

少年有点被轻视的愤怒，勒住南音的手臂稍微用力："你们别说话了。"

南音彻底噤声。

徐镱冲少年摆摆手："放了她，我让你们走。"

"我不相信你。"少年定定地看着徐镱，盯了老久，方才下定决心回头，"悠悠姐，你快带阿衡哥哥走，我拖住他。"

悠悠、阿衡，这是和微博帖子的当事人同名？还是真有那么巧？南音的八卦之魂熊熊燃烧，明明像小鸡一样被人攥得紧紧的，还忍不住想转头往后看。

"你别乱动。"少年孩子气地把南音的头给往前掰了过来。

南音吃痛，低声叫了出来。

少年似乎也没有想到自己会弄疼她，一时有些局促，虽然还是把人挟持着，手上却松了些力道。

南音没有错过这个机会，突然发难给了少年一手肘，飞快转身，干净利落地用右手心攥了半天的辣椒喷雾喷了少年一脸。

"徐镱！"南音抱着脑袋蹲下。

徐镱捡起地上的法器，迅速地挥出一个咒语，将嗅觉受到惨烈打击的少年给打飞了出去。

少年撞到水泥墙上，重重地跌落，彻底昏迷了过去。

徐镱把蹲在地上的人拉到了自己的身后，一颗摇摇无助的心终于落在了实处。

南音把脸埋在徐镱的肩上就开始哭，吓死她了，她连没牙的奶狗都怕，有生之年居然还能被狗妖给挟持了。

05

雨一直下，白日的光快尽数湮没。

岑悠悠却觉得自己这一生从未如此勇敢过。

在她的世界里，但凡一件事、一个人、一段感情潜存着失去的风险，她就从来不愿意让它开始。因为害怕失去，所以一开始就拒绝拥有，那不是洒脱，那是懦弱。

岑悠悠懦弱了半辈子，已经原谅了自己无数次，却绝不愿原谅自己这一次。

如果她没有在微博上遇上曹伏，如果曹伏没能带她找到独自躲起来渡劫的路衡，如果他们来晚了一步，她就差点彻底地失去他了。

她比任何时候都清楚，她想拥有他，愿意为他赔尽她的一生，哪怕只陪他走过生命的一程。

岑悠悠坚定地挡在了路衡身前，双臂大张，宛如一面坚不可摧的盾。

南音哭了一会儿，情绪初步平复了下来，偷偷地透过徐镱的肩头开始打量这个在微博上“认识”到的人……后面的白鹿，该不会就是她男友吧，看起来一点都不像是真心要分手的样子，发帖果然还是为了秀恩爱啊。

徐镱皱了皱眉：“让开。”

“除非我死，你别想伤害他。”一直以来那些患得患失的心情似乎悉数消失，岑悠悠无比平静。

白鹿却摇摇晃晃地朝着她的身影走去，他眷恋地用头蹭了蹭岑悠悠的手背。

岑悠悠低头。

他湿漉漉的眼睛里是她清澈的倒影，一如那个他抱着她飘浮的夜晚，她在他眼中窥见的风景。

他温柔地去舔她的手心，就像在她任性说分手时，他克制地去吻她捂住眼睛的手背。

他说："傻姑娘，这次换我向你提分手了。"

雨水混杂着眼泪从岑悠悠的脸颊落下。

白鹿经过她的身边，晃晃悠悠地朝着徐镱走去，缓慢而坚定。他全盛时期，同对方尚且只有一战之力，如今刚刚渡劫，连隐藏气息都做不到，根本逃不了。

"曹曹的心思并不坏，虽有冒犯，还请你放过他。"白鹿偏头看向了墙边的曹伏。

徐镱冷淡地看了一眼那边的小黑狗，不置可否。整个榕城，大概只有这只不知天高地厚的小狗崽敢拿南音威胁他了。

"徐镱，你能不能别杀他啊？"南音从徐镱的身后窜出来，拦在白鹿的前面，"人有好人坏人，妖也有好妖坏妖，我觉得他挺好的。"

徐镱皱了皱眉："谁说我要杀他了？"

南音瞪大了眼睛："你不是道士吗，小说里你们不是都以降妖除魔为己任吗？"

徐镱把拦在自己身前的人重新扯回身后去："怕是闲得慌。"

白鹿脸上的表情同样惊诧，匹夫无罪怀璧其罪，千百年来他不知有多少同族葬身正邪两道人士之手。

徐镱看到他的表情才意识到他大概也误会了："我之所以趁着你渡劫来找你，主要是图个省事，没有乘虚而入的打算。"他才不会说他是察觉到路衡因为天劫而外泄的气息所以才打起了他的主意，他本来已经跟踪了路衡两天，只是最后都让他甩掉了。

徐镱清了清嗓子："我就是想找你借点血，不还的那种。作为交换，从今往后，只要你在这座城里，我就罩着你，不管是妖还是人都不会再来找你麻烦。"

路衡回头看了看呆立在雨中的岑悠悠，取走鹿血虽不至于伤及他的性命，却也于他的元气有损，但若能换一个能给她安全感的承诺……

他笑了："好。"

06

之前落在小区门口的伞已经不知道被谁捡走了，两个人只好并肩淋着雨往公交站走。

"阿嚏。"

南音打了一个喷嚏，因为寒冷，整个人都在不受控制地颤抖，偏偏心情雀跃得不得了。

徐镱脱了自己的湿外套，裹在了她的身上。

一个于事无补、带着傻气的动作。

南音顺从地接过，却看着徐镱不能自持地笑，雨水经由她的刘海、眼睫，顺着下巴的弧线跌落，她的眼睛像是澄澈平静的湖，拥有颠倒城市的魔力。

徐镱替她拢紧外套："干吗这样看我？"

"感觉像是第一次认识你，又像是认识了好久。"南音仰着脸冲他笑，"我都不知道你还会捉妖。"

徐镱敛了眉眼："害怕吗？"

南音摇摇头，发梢的水珠随着惯性向四周散开："有点激动。怎么说，感觉对你的了解比以前更多了一点，所以对你的喜欢也相应又增多了一点。"

他们立在雨中，雨幕溅起了回忆。

两个人都湿漉漉的，像是重回小时候调皮一起跌进喷泉池的时候。

徐镱转开了脸，像是不知道该怎么回应南音的话。

南音嘴角噙着笑，难得体贴地帮他转移话题："对了，你费这么大力气取鹿血干吗？"她好奇地把玩着手里装着鹿血的小瓶子，试图隔着容器去闻闻味道，却只是徒劳。

徐镱看了看她被因为寒冷变得青紫的唇，又很快把头转开："这不是想给你补身体么。"

"咦？！"

07

几日后，南音在微博上看见了求助帖的最新后续，不过，是来自另一个当事人的投稿。

@恋爱吐槽君：后续来了（男友视角）[图片链接]//后续[图片链接]//@恋爱吐槽君：男友很帅很好很爱我，我也爱他，不过请问如何简单粗暴并行之有效地让他尽快离开我。[图片链接]

您好，我是之前那位求分手攻略的女孩子的男友。

实在没有想到我们的私事竟然引起了这么大的关注，感谢大家的关心，我们是不会分手的。

之前我们聊天，聊到了生与死，我惹到了她，悠悠由此生气和我闹别扭，幸好，在我的不懈努力之下，分手这种想法已经彻底被扼杀在了摇篮里。

哦，悠悠是画幻想绘本的，有些话可能会比较夸张，让大家误会了，非常不好意思。我当然是人类，不过如果我真有翅膀，我肯定会忍不住抱着她飞上天的，所以大家随时都可以监督天上有没有不明飞行物。

在表弟告诉了我悠悠的投稿之后，我才知道原来我在悠悠的眼里模样有那么好。不过大家可能也看出来了，悠悠她是个非常可爱的女孩子。我们第一次见面，她一直在拿 APP 查路边的植物的名字，专心得像是在描摹一幅画。因此一早我就注意到了她，却藏在暗处没有说话，那时我就想，要是我能在她身边告诉她它们的名字有多好。所以我就一直悄悄地跟着她，眼睁睁地看着她迷路……至于后来的事，悠悠都告诉你们了。

我没有悠悠说得那么好，若说完美，她在我心里才是完美的。她像是被困在琥珀里的蝶，美丽而不自知，却在别人的记忆里熠熠生辉……

南音看得有点感动，于是决定"钓鱼执法"。徐镱在她眼里闪闪发光，她倒是想知道在徐镱这种奇能异士眼里，她是什么样子的："徐镱，在你眼里，我会不会很普通啊，平凡得就像白开水一样，淡而无味？"

虽然自我怀疑的情绪的确存在，不过南音还是在发出这条信息的时候就打定了主意，要是徐镱做肯定回复她就把他打死。

"不会。"

"你哪里平凡？"

意料之外的回复，装蜂蜜的罐子溢出糖浆，南音默默地删掉了已经打好的准备的反驳的话。

手机振了一下。

"你明明超级能吃，超级能睡。"

南音噼里啪啦重新敲了一大段话，她就不应该对他放松警惕！

手机又振了一下。

"让我超级爱你。"

END

诺亚方舟

Noah's Ark

Text / 士多啤梨

士多啤梨：注册拖稿师，国家一级小可爱，幼儿园重点观察对象。

01

“倘若生活都像饮料自动贩售机一样就好了。投硬币一样投进去‘喜欢’两个字，就能‘哐当’一声收到一个我喜欢的你。

“桃子味，还冒着泡。”

敲下这段文字发送后，傅栩栩迅速摁掉手机屏幕，想了想，又把缓存清空了。这还不够，长按关机键后，她方才如释重负地舒了一口气。

该好好学习了。

傅栩栩翻开《肖秀荣知识点精讲精练》，诚然，此刻无论是“社会主义核心价值观”还是“马列毛邓三”，都无法使她的注意力集中了。

女生认命般叹口气，皇恩浩荡地逐个临幸自拍软件。午后的日光像指尖浓得化不开的蜂糖，纯天然滤镜，连她本人都禁不住自叹“姑娘好颜色”。

挑挑拣拣后留下九张，她心满意足地发了自拍。正准备继续钻研政治时，心里的小猫却拽着她再次登录微博。明面上拥有十几万粉丝的她，对着半数都是僵尸粉的数据倒也心虚，反复刷了半天，仅收获了寥寥几十个赞。

实在是打击人。

没错，傅栩栩其人，文艺清新，高三那年因一张手握豆浆的照片走红网络，人称“豆浆妹妹”。现今 21 岁，是个掉粉比掉头发还快的网红，过气到哪怕发微博挑明身价——“合作费用低于 250 元免谈，高于 250 元面谈”，也许久没有广告商找上门谈生意了。

“我说，你能不能好好做题？”

一只手从旁侧伸过来：“手机先没收了。”

何沚金把面前的高数卷子推过去：“既然体验不到满分的快感，不如体验下零分的痛感，触底反弹，或许能激励一下自己？”

听起来像那么回事儿。

傅栩栩摊开卷子，压平四个角，认认真真写下学校班级姓名，还有学号。目睹这一幕的何沚金禁不住满脸不悦，怎么跟个学前儿童一样。

随后她掏出神器——淘宝上买的有几十个面的骰子，花里胡哨的，一看就是考场违禁物品。偏偏女生就信这个邪，她在心里祈求了各路神仙后，掷出骰子，瞧见是个数字，就抄在纸上。

接连扔了几轮，她又摸出一张密码表，对照着找出各数字字母相应的解，即为最终答案。

“你有查表的工夫，不如背一下积分表。快速抢答，$\int \tan x dx$ 等于什么？”

傅栩栩没空搭理他，靠着迷信手段勉强写完了选择填空，对了对答案，百分之五十的正确率，比她自己瞎蒙高出一倍。她果断地给了骰子卖家一个五星好评，并下单买了个更为复杂的多面体。

“照这样下去，要是人类真的灭绝了，你难辞其咎啊！”

何沚金将那张小学生试卷扫了一眼，掏出黑色墨水笔，在空白处写上解题过程和思路。

“说得轻松，你又不是人。”

女生偷偷瞟了眼亮起来的手机屏幕，又增加了几十个赞，顿时心情愉悦，不再同男生计较。

“这就是所谓的‘物竞天择，适者生存’。”

何沚金叹口气，将手机倒扣在桌面上：“咱们先看第一题……”

男生骨相很好，肤色偏白，有种一大早起床就扔在无滤镜美颜的直播间里也能被粉丝狂刷游轮火箭的少年感。睫毛浓密，如同平地拔起的茂密森林。手指修长，除开掌心浅浅的纹路，其余一切都好。

连皱眉都好看的人，要是笑起来，哪有小姑娘能招架得住啊？

傅栩栩想得心猿意马，高数题左耳进不去右耳出不来，满脑子都是两人第一次见面的情景。

过气网红傅栩栩，自从 17 岁爆红了一阵后，很快在雨后韭菜般的年轻网红的攻势下，星光渐趋黯淡。

转机出现的那天，和往常一样，傅栩栩在咖啡馆拿了本《放逐和王国》挡脸自拍，忽然被隔壁桌叫住了——新闻社的几个后辈，正在讨论大一招新的事。

“社长帮咱们看一下吧。这两个学弟，都想进采编部，目前投票 3:3，要不您来替我们定夺吧？”

原来是缺个作恶的人。

女生把两张表搁在一块，横向纵向地仔细审视了每一项，发现确实不怪几个部长，这两个大一新生的能力、经验、所获奖项都差不多，除开有个长得帅点，稍显不同。

这么想着，傅栩栩打算投质朴学弟一票。毕竟帅的那个，即便进不了新闻社，摄影协会校文艺部什么的也会争着抢他吧。

手机却“叮”了一声，来自未关注人的私信。

想红想疯了的傅栩栩暂且搁下学弟们的生死，点开微博，却倒吸一口冷气。

屏幕上铺天盖地几十张她的照片，全是她那些精致自拍的未修图，还夹杂着早已消失在回收站的丑照。她自认手机从未中过病毒，但这个疑似小号的黑粉，却拥有刷不到尽头的她的丑照。

“你是谁？”

“你马上就知道了。”

照片一旦发出去，自己的美好形象必将毁于一旦。

“你想怎么样？”

她决定挑明了问。

“进新闻社。”

女生还没反应过来，小号又发来一条消息。

“现在，给左边那张报名表投票。”

左边——是帅得人神共愤的那一位。

傅栩栩没辙，她在明敌在暗，只得用笔在名为“何沚金”的男生的一寸照旁画了个圈：“我选这个。”

出门的时候，下了点雨，砸在女生身上，除去狼狈，倒无端觉得周身都散发着苦情女主角的味儿。

男生穿一件深灰色的T恤，棒球帽后扣，手里还抱着篮球。

没带伞——可见不是来救美的。

她与他目光交汇，只一秒，就绕开了。雨又倾下好几盆水，她复才想起，选中的表格上贴的照片，就是这个人。

原来，是来砸场子的。

“傅栩栩，你知不知道画圈是什么意思啊？”

男生好整以暇地盯着她，带着几分冒犯。

“溥仪立后的时候，在婉容的照片上画了个圈，你这么效仿他，是对我有意思吗？”

02

“你真的，不是人？”

坐在冷气开得很足的冷饮店里，傅栩栩后背凉飕飕的。对面的男孩子，拥有轻松盗取她个人资料的能力，还能一键清空所有的聊天记录等各项数据。

“你觉得呢？”

他轻点手指，只花了一秒，傅栩栩眼见着自己微博粉丝数飙升。

“所以……涨粉是怎么做到的？”

女生双手合十，眼睛湿漉漉的，像刚孵出来的小鸡。

“拜托拜托，教教我吧。”

果然是嗜粉丝如命的女人。

何沚金将女生吃了一半的蛋糕拉到跟前，一面吃一面说：“这些不过是僵尸粉，一些无用的数据，既不会转发也不会评论，你有再多也没意义啊。”

“谁说僵尸粉没意义的！我看着粉丝数就蛮高兴的呀。再说了，如果每个僵尸粉都能像你一样好看，我就不至于单身了嘛。”

男生明显顿了一下，他擦了擦嘴，正襟危坐，绷出一个严肃的表情。

“这个事你先搁一搁，现在最要紧的是——我要死了。”

“你不是本来就……非人吗？”

再理论下去，他就要被她的题外话和脑回路噎死了。男生忍住冲动，勉强维持着高冷。

“自从进入‘流量年代’，我们僵尸粉便不再龟缩于暗处，而是与真人粉丝联手共进。真人粉丝负责陪偶像互动，与黑粉互撕，我们则负责刷数据抢流量。僵尸粉虽然大都没有人形，但凭借与真人粉丝共同创造的热度，我们也像人类一样繁衍生息。

“每个僵尸粉打从诞生开始，就被随机分配、固定跟随一个明星。简言之，类似宿主与寄生者的关系。除非对方不需要流量了，这个僵尸粉才可以选择跟随其他偶像。

“很不幸，我碰上你了。”

男生偏了偏头，躲过纸团攻击。

“在你粉丝活跃的时期，我的日子是很滋润的。可惜后来你人气低迷，一蹶不振，真人粉丝散得七七八八，再这么下去……。”

何沚金偷瞄了下傅栩栩，感觉有点生气啊，这可不妙。

“所以，我的目的是，让你再次火起来。”

托腮发呆的傅栩栩，眼睛里总算有了光。

“怎么个火法？”

男生三下五除二就弄了个方案出来，在女生目瞪口呆的神情中，他颇为不好意思地挠了挠头："主要是你的粉丝流失太快，打榜推文什么的工作，有时也落到我头上。俗话说得好：逆境使人成长，我……"

这次砸过来的纸团他没能躲过。

"好了咱们开始吧，我用爬虫抓取了搜索引擎里你的关键词，出现次数最多的三个是：清纯、学霸、性冷淡。"

"那我现在要做的，是继续加深这三个方面？"

"不。相反，由于人们对你的印象已经固化了，你现在要做的是打破他们的审美疲劳，反转形象，制造话题，吸引不同层次不同领域的粉丝。"

"具体点呢？"

"首先'清纯'，这是你踏入网红圈的起始点。在你之前的网红大多妆容精致，唯有你素颜亮相，但很可惜……"

男生调出几张照片："同年出现了另一位'橙汁妹妹'，单论照片，比你还要清纯不做作。喏，这是她的热度数据，你可以对比下。"

压倒性的、毁灭式的、天壤之别的几串数据显示在屏幕上。

傅栩栩没吭声。

"我的建议是转换风格。你这么大个人了，别老拍些卖萌的照片……是是是，是挺好看的，傅栩栩，你能不能先把咖啡杯放下？"

做这个女人的僵尸粉，说真的，挺玩命。

"我能怎么着啊，还不是担心没招来新粉丝，老粉丝却都散了。"

"立新人设不急于一时，咱们慢慢来。话说你不是去年就想剪短发吗，想剪就剪啊。"

"行吧，那我考虑考虑。"

女生将长发绕在手里，无意识的，也许是对即将失去之物的最后眷恋，像只乖乖待抚、柔软而不自知的猫，的确让人心痒痒。

“至于‘学霸’，这个关键词是建立在你名校本科的学历上的。纸包不住火，那天你秒删了张带地点的照片，但和你存在资源竞争的橙汁妹妹却截图了。”

傅栩栩对这个事心里有数，很是心虚地摸出《五年考研三年模拟》，挡住下半张脸，露出圆溜溜的眼睛。

“我这不是在努力考研了嘛。”

“这点我们倒是不谋而合，但你不想读电气了，是吧？”

敢情这个男人已经把自己摸透了。

“我是挺想学新闻的，但且不说跨考的难度，光是我爸妈那关我都过不了。”

傅栩栩高考那年拿了自招加分，踩线进了 H 大。这已经是她的天花板了，任何跃跃欲试的举动，都可能让她撞得头破血流。

“傅栩栩，有没有人告诉过你，天上掉下来的馅饼，容易露馅。”

“这我知道，断头皇后嘛。可就算露馅露到兜不住，那也是白捡了便宜，你对便宜能有什么期望值？”

她眼睛铮亮，像被雪擦过一样。

男生忽然有点明白了，何以多年过去，网红们后浪推前浪地刷新大众认知，傅栩栩“纯情女神”的人设却彩旗飘扬，巍然不倒。

“要不这条……咱们稍后再议？第三个关键词呢？”

“‘性冷淡’这个嘛……”

何沚金勉为其难地上下打量傅栩栩好几遍，一副被占了大便宜的口吻："炒作下吧？"

"不行。"

傅栩栩为数不多的感情经验，皆数奉献给了渣男。因此她又泄了气，甚至怀疑男生对此心知肚明却刻意这么说。

但身体却默认了这是个好主意，手指在互相关注的男网红名字上滑来滑去，最后锁定了三个人。

"Bobby 怎么样？我和他以前一起演过一个网剧，他侍卫甲，我丫鬟乙。"

"内部消息，他马上就要转行去当程序员了。"

"那'剪刀手马德华'呢？人挺帅的，文笔也不错。"

"他抄袭的官司还没理清呢，你沾上他一辈子都翻不了身了。"

"要不程远学长吧，也是咱们新闻社的，刚上研一，我和他还挺熟。"

"据说他同时有三个女朋友，而且我还听说……"

"这个也不行，那个也不行，你到底觉得谁有资格当我男朋友？"

傅栩栩彻底发作，把头靠在窗户上，侧过脸，不看他。

谁知道男生竟然掰过她的脸，目光直接，令人进退维谷。

"还能有谁？"

03

"等等我。"

女生被粉丝叫住签名，赶在司机发车前最后一秒才上了车，她要和大家一起去野外郊游。

坐在第三排的薛清嘉小声"喊"了句，但这丝毫未影响傅栩栩的心情。她和薛清嘉从大一撕到现在，不敢说段位有所提升，脾气倒是公认的越来越好。

“栩栩来了呀，要不坐我旁边？”

“谢了，有人帮我占了位置。”

“那……也挺好，师傅，咱们出发吧。”

程远摸摸鼻子，不明白平日里一向热情的傅栩栩，怎么突然变了性子。

也许是姨妈期——他自我安慰，寻思着三个女朋友的事瞒得挺好，不要说新闻社的同僚，连那三个小姑娘都不知道彼此的存在，傅栩栩怎么可能会察觉。

他不敢多想，侧身打量了下女生的背影。

傅栩栩径直走到最后一排，靠窗的位置，男生抱着大袋零食，显然是等得太久，平日里似笑非笑的神情看上去淡淡的。

知道女生怕晒黑，何沚金便挪到里面，又拉上窗帘，撕开一袋奥利奥递给她。

傅栩栩十分狗腿地冲他一笑：“何老师您今天亲自下凡，实属罕见，百年一遇。”

自从她微博粉丝数翻了倍，点赞评论也有了天翻地覆的变化后，傅栩栩便尊称男生一句“何老师”，以示拳拳之心，日月可鉴。

而何沚金，也不愧是僵尸粉界的扛把子。

傅栩栩听从他的建议，剪了头发，换了个妆容。她本就不是传统意义上的美人，眼睛下垂，嘴唇很薄。如今撩起刘海，露出饱满的额头，生生多了几分机灵。偶尔中性打扮，竟惹得女友粉直呼“想嫁”。

微博也不再局限于分享书籍电影，但直播啃玉米卸妆什么的毫无新意，傅栩栩索性利用学生身份的便利，教大家如何在寝室里健身、做宵夜，并根据专业知识改装电路，使断电不再成为夜生活的阻碍。

因此，很快她就被冠上“H大皮卡丘”“工科女神”的头衔，小范围内激起了水花。

得亏熬到下车了，何沚金使劲呼吸了两口新鲜空气。傅栩栩最近红得快，他的体力值也顺带提升，明眼人可见的，从骨骼颀长的少年，发育成脱衣有肉的类型。

“何沚金同学，你这肌肉是怎么练出来的呀？”

大一的小姑娘，初生牛犊不怕虎，对着男生的面瘫冰块脸，依然眼冒着星星，还大着胆子用指尖戳了戳他。

“这个，你去问傅栩栩，没有她我也长不出肌肉。”

说的是实话，却让小姑娘深深误会了，几十米开外傅栩栩笔直修长的腿，更让她泄气。小姑娘放缓了步子，然而总有前仆后继的人接上。

“哎呀，我的护手霜多挤了一点，沚金你要吗？”

“学弟你帮我们拍个照好不好，当初选你进社，我们几个都投了票的。”

“沚金沚金……”

被包围的男生抬高视线，除了一望无际的稻田，傅栩栩不知道去了哪儿。

要命的是，程远也不在。

那厢，傅栩栩举着自拍杆，正在与粉丝们直播互动。

接连不歇地唠嗑了一小时，女生嗓子犯痒口渴。她放下自拍杆，让大家欣赏下美景，自己则躲到屏幕后翻包找水。

瓶子没拿稳，“骨碌骨碌”滚到了一旁，傅栩栩去捡瓶子的时候，远处传来两个人说话的声音。

不会撞见什么少儿不宜的画面吧?

她悄悄捡了瓶子原路折返，却听到突如其来的号啕声。

“程远，你这么对我，不怕折寿吗？”

“清嘉，我们是和平分手，希望你理智看待。大家都是成年人，有什么不能好好说的？”

“行，分手是吧？信不信我把你勾结……”

男生口气软了下来，随后，他拂开旁边的芦苇丛，用一种近乎无奈的口气说：“出来吧，栩栩。”

栩栩?

傅栩栩弯着腰没敢动，抬头撞见了薛清嘉恨之入骨的神情。

“其实，我喜欢栩栩很久了。分手也是为了追求她，就是不知道，栩栩给不给我机会。”

程远眉眼下敛，走到傅栩栩跟前，伸手想拉她起来。但二人所处的位置在堤边，雨后早已脆弱得不堪重负。

水流湍急，二人尚未反应过来，就被冲离落水点十几米远。

“救命啊——救命——”

傅栩栩不太会游泳，更为不幸的是，程远完全是个旱鸭子。好在湖里有块漂浮的泡沫板，傅栩栩拼命扑腾了十几下，终于赶在被淹死之前爬上了泡沫板。

“你快抓住我的手，我拽你上来。”

两人之间的距离有些远，女生只得左手划水，右手伸向男生。

这个动作是不太好受力的，因此当程远抓紧傅栩栩的手，攀上泡沫板的瞬间，整个板子重心不稳，朝男生那侧倾斜。傅栩栩还没反应过来，就再次落入水中。

“咳——救命！程远，你拉一下我！”

局势颠转。但坐在泡沫板上的程远，因为水流的缘故，和傅栩栩的距离不断增大。

泡沫板越来越远，女生勉强维持着狗刨姿势不让自己沉下去，并竭尽全力呼号着“救命”。

傅栩栩被激流困住的瞬间，手脚无力，只想长长地睡去……

“醒醒啊，傅栩栩！”

女生睁开眼，男生皱着眉，发色墨黑，被黄昏染上些许金黄。她这才有了清晰的知觉，被包裹在棉外套里的自己，似乎也是浑身湿透的。

“你别装睡啊，我看到你睁眼了。”

可真的好困啊，她眯着眼想。

“再装睡我就人工呼吸了。”

傅栩栩一个鲤鱼打挺直起身，撞见男生似笑非笑的眼睛。秋意深重，纵使裹着厚衣服，她也不免打哆嗦。

“是你救的我吗？谢谢啊。”

她低头，睫毛微微发颤，像某种安宁乖巧的小动物。

男生终究忍不住，一把将她搂进怀里：“没事了。”

河滩距离太远，二人好不容易回到下车的位置，女生盯着晃荡而过的驴车，心有戚戚地问："他们是走了吗？"

"嗯。"男生无奈地掏出手机晃了晃，"他们说已经到市区了，明早来接我们。"

"这不行啊，明早我有个活动推广，必须到场。"

何沚金用一副"那您想怎么着"的表情注视着她。

半晌，他从草丛中拾起一辆破破烂烂的自行车，敲了敲车座："刚刚写生时发现的，走吧。"

那车一看就上了年纪，傅栩栩后退一步："……要不看下附近有没有滴滴打车？"

"打车你死了这条心吧。"

生怕女生不信，何沚金把手机递给她："自己看。"

这地方太偏，又挨着墓地，司机嫌晦气，往往停在几公里外就不肯往前开了。傅栩栩抱着"万一呢"的想法，又点开 ofo 和摩拜，无奈把地图缩到最小也找不到一辆可用车。

"那个，何老师……"她拖着哭腔叫他，"要不您先回去吧，记得帮我叫辆出租车，嫌麻烦的话，寄点干粮也行。"

男生单脚撑地，衣襟被山风吹得猎猎作响，像骑着一匹马。他居高临下地看她，目光却罕见的柔软异常。

"上来，我载你回去。"

"这能行吗？我坐哪儿啊？不会摔死吗？"

女生犹豫地说着，半天不敢坐上去。

"哪有那么多为什么，你可是新时代的女性啊，傅栩栩。"

男生一把拉过她，抱起她放在身前的横梁上："坐稳了啊。"

傅栩栩来不及惊呼，脑子里像刚经历了一次浩劫，竟忘了安稳太平的岁月是什么模样。

但她的心是激动的，是被一行白鹭牵引着上青天的，是要抓紧他的衣襟才不致尖叫出声喊“救命”的。

救命啊，她喜欢上何沚金了！

“傅栩栩，你知道，咱们这叫什么吗？”

女生有点害羞，难道他按捺不住要抢先表白了吗？好浪漫好刺激呀。

“什……什么呀？”

“共享单车啊……欸你打我干吗？小心摔下去了！”

他单手骑车，另一只手用来扶稳她。

有些话，他们不着急说。

04

傅栩栩的春天要来了。

吃团年饭的时候，她忽然收到何沚金发来的“恭喜恭喜”，点开截图，是她的研究生初试成绩。

辛辛苦苦熬了这么久，换取了比录取分数线高 30 分的结果，这使原本被七大姑八大姨指责不务正业、用筷子戳着脊梁骨骂的她，瞬间扬眉吐气。

薛清嘉坐在傅栩栩右侧隔着三个人的位置上，面色冷淡。H 大的学生总谣传她俩不和源于资源竞争，却不知这对表姐妹的梁子，打从出生起就结下了。

“不就过了个初试嘛，这有什么好得意的。”

薛清嘉拨了拨碗里的面条，不出她所料，外婆依然是向着她的，方才瞥了眼傅栩栩的碗底，就没有多出来的鲍鱼。

“就是，咱们清嘉也不差，初试不一样过了吗？”

“就不知道复试后，姐俩还能不能在一个学校。”

“我们小清嘉肯定能过的，是不是呀？”

“是啊，借外婆吉言啦。”

外婆一向不喜欢傅栩栩，嫌弃她嘴笨，没清嘉会来事。饭后发红包，薛清嘉的要厚过她一倍。明明就差了两个月，却处处要她这个姐姐让着妹妹。

傅栩栩不大计较这个，只要众亲戚的视线不聚焦在她身上，她也乐得在家庭聚会上扮演一株不会说话的金橘树。

但那毕竟是除夕夜，一家人坐在沙发上看春晚。傅栩栩突然觉得胸闷，借口下楼倒垃圾，却上了顶楼天台。

站在夜风里，被凛冽的寒风吹得酒气散了些，心里头却涌起无边无际的怅惘。

她点开微博，敲敲打打写了半天，远远超出 140 个字，最后不得不删减，只留下一句话。

“唯愿年年此夜，人月双清。”

她又想了想，设置成仅自己可见才发送。

女生立在栏杆边，只觉周身发寒，可她不愿意回到其乐融融的大团圆里。不多时，手机振动了下，是何沚金发来的短信。

“傅栩栩，你在家吗？”

“在。”

男生半天没回复，女生忍不住又把手从手套里抽出来，问他：“怎么了？”

“没，就是刚才看到你的动态，怕你出什么事。”

是了，“仅自己可见”某种程度上而言，等于“何沚金也可见”。

“在你这个僵尸粉面前，我都没点隐私了。说吧，你还知道我的什么秘密？”

“还有两桩。”

“老实交代。”

“第一个呢，傅栩栩，你的出生年月日改过吧。”

“怎么可能？众所周知，我年年十八啊。”

男生发来一个托腮的表情，接着说：“你的真实生日，不是12月23号吧。

“是第二年的2月17号。

“虽然我不知道作为一个网红，你反其道而行之把年龄改大的原因，但是……”

僵尸粉发消息都不用思考的吗？短短一分钟，女生的屏幕便弹出大段大段的文字，让人应接不暇。

快到零点的瞬间，手机振动了下，是男生打来的电话。

“傅栩栩，生日快乐，以及，新年快乐。”

他话音刚落，傅栩栩的眼前便升起璀璨到晃人眼的烟火，在漆黑的夜幕里，那些火光坠落得不切实际。殷红的、明黄的、姹紫的、翠绿的……像是一场永远也醒不来的梦，逼着她沉醉其中。

“那……第二桩事是什么？”

“傅栩栩，你怎么这么笨呢？”

烟火腾空的声音含混了听筒那端的告白，男生低低地笑起来。这使她觉得，无论银河如何辽阔，王母如何偏执，传说如何信则灵不信则不灵，她都愿意，去喜欢这个十九岁的男孩子。

他说："傅栩栩，当然是我喜欢你。"

网红傅栩栩就这样和自己的僵尸粉谈恋爱了。

料峭的清晨，女生打不起精神起床，男生只得去图书馆外面帮她排队。

她紧锣密鼓地准备复试，他就在自习室陪着她，偶尔替她检索分析各年的题型，偶尔客串一下考官，偶尔把胳膊伸出来给她躺一躺。

她晚上有补习班，捱到十点才出来。他就站在紫荆楼外的杧果树下，等她从模糊的人群中清晰成他所熟稔的个体，三步并作两步，扑进他的怀里。

长长短短的日子里，她从未这么被人喜欢过。

考完复试的那天，傅栩栩站在F大校门前等何沚金来接她，意外地被薛清嘉叫住了。

她的小表妹不复往日的神采奕奕，料想是复试发挥不佳。女生不愿落井下石，就拍了拍她的肩膀。

这已经是她尽最大努力发出的示好信号了。

"成绩还没出来呢，你也别给自己太大压力，先回去好好睡一觉。"

薛清嘉却摇摇头，神色晦暗："我可能毕不了业了。"

"怎么回事？"

"程远伙同咱们院的李教授，盗取学生论文，我前不久反映给院系领导，却被压了下来。李教授还威胁我，若是再闹就不让我毕业了。"

“有证据吗？”

“当然，这是新传学院的孔植帮忙收集的资料，包含近三年来李教授发表在各学术期刊上的论文，以及论文原作者们与其往来的邮件等证据。”

“足够定罪吗？”

“应该吧，具体的我发你邮箱。”

意识到事态的严重性，傅栩栩禁不住皱眉：“现在怎么办？要不请个律师？”

“没用的。”

薛清嘉垂眼，隔了一个发挥失常的学生踱出校门的功夫，才接着说。

“傅栩栩，以前为了程远我处处针对你，但这次算我求你。你微博有近百万粉丝，能不能把这个事情发布出来，让舆论和公众替被侵权的学生讨公道？”

傅栩栩半天没接茬，薛清嘉也不好强人所难，远远地看见何沚金朝这里走过来，便匆匆撂下一句“拜托”就走了。

“你表妹怎么回事？一看见我就跑？”

男生摸不着头脑，他原本打算黑薛清嘉的电脑，替傅栩栩出气。但考虑到傅栩栩心软，很可能最后两姐妹抱头痛哭迁怒自己，就没敢轻举妄动。

“她没考好，可能不想见到陌生人吧。”

傅栩栩不想把男生牵扯进“剽窃案”，因此打着哈哈：“我今天发挥不错，请你吃饭吧。”

当晚，傅栩栩仔细研究了薛清嘉发来的证据，遇到不甚详明处，便挨个求实。由于离本届毕业生答辩不足三个月，她通宵数日整理完稿子，便直接发了微博。

一觉醒来后，她颇为惊讶地发现这条微博上了热搜。点开评论，是来自社会各个角落的力挺，甚至有不少已毕业的 H 大学生实名举证，爆料李教授的恶行。

晚上吃宵夜的时候，傅栩栩绘声绘色地给何沚金讲述了这一切。

"李教授居然做了这么多坏事，简直是丧尽天良、罄竹难书！有人爆料他利用教授职权，对女学生下手！"

"有证据吗？"

"应该有吧，不然怎么会有那么多人点赞？"

"舆论有时就是墙头草，你别好心办了坏事。"

没想到这男生非但不夸自己，还泼冷水，傅栩栩也有点生气了。

"就算那些评论是假的，他抄袭论文总是板上钉钉吧？这种人就是应该抓起来关个一辈子！"

见她气鼓鼓地扭过头，男生缓和了口气，捏捏她的脸。

"好啦，我就是怕你被利用，最后自己受伤。"

何沚金作为混迹互联网二十载的僵尸粉，深谙群体效应与偶像崇拜法则。

他的话当晚就灵验了：包揽热搜榜前三的"剽窃案"，在 22 点 39 分忽然被撤，取而代之的是某女明星染绿头发、某十八线与某十九线半夜相会小树林的话题。

有关李教授的那条微博，先是不能评论了，而后整条被删。

与此同时，傅栩栩早年间被媒体捕风捉影的那些黑料，也顺势浮出水面。她"豆浆妹妹"的新闻被指是刻意炒作，大学期间谈过的几场恋爱皆数被抖搂出来，甚至连薛清嘉都被人肉，说姐妹俩为爱争风吃醋。

舆论也真是跟风倒，一致倒戈，说傅栩栩是有心拿李教授做文章。李教授两袖清风，19 块钱的衬衣穿了五年都没换，哪做得出剽窃之事呢。

那几天的傅栩栩实在是不好过，靠外卖与吃鸡度日。她屏蔽了所有外界消息，包括反复给她打电话的何沚金。

一周后，女生实在受不了身上的异味，晚上 9 点刚过，估计着澡堂没什么人，才戴着口罩去洗澡。

洗完后，女生到储物柜拿换洗衣物。旁边两个姑娘，边涂身体乳边聊。

"看最近的新闻了吗？电院的傅栩栩真恶心啊，为了博出位不择手段。"

"李教授一向风评极佳，真不知道她怎么想的！"

"冤枉老实人呗，听说她几个前任都被绿了。"

二人收拾好东西，从傅栩栩身边经过。不料带起一阵风，女生的柜子"哐当"一声合上了。

H 大的储物柜，只能开启两次，存取各一次。这意味着傅栩栩无法用卡取出她的衣物，只得去找管理员阿姨。

偌大的澡堂储物间，女生赤裸着身子，站在众人目光下。都是女生，她其实没什么好羞耻的，但她仍有种被扒光的痛楚，这亦是近日来她的直观感受。

她愣了好一阵，随即蹲下，大声哭了起来。

05

何沚金赶到傅栩栩外婆家的天台，眼前除了一地的啤酒罐，还有个双颊微醺的少女。

他心里一紧，忙不迭地把她扶起来。

“你来了啊。”

女生弯着眼笑，脚下松软。男生把她整个人圈在怀里，像圈地运动一样，在她耳畔宣誓主权。

“傅栩栩，我的命是你给的。既然我想活下去，那么你也得给我好好活着！”

“好啊，不就活着嘛，多容易啊。”

女生被男生紧紧抱着，感到心安，可劲伸长了脖子，指着远处的高楼说：“沚金啊，你看那儿，就是除夕你给我放烟花的地点。”

“不哭了好不好？”

男生把她放在地上，坐在她身旁搂着她。

“对啊，所以你一给我放烟花，我就哭不出来了。哭起来多丑啊。”

“是有点丑。”男生把酒瓶从她手里抠出来，“可不管多丑我都喜欢你。”

傅栩栩听了这话，先是笑了一下，很快又瘪着嘴，一脸委屈。

“但是他们不喜欢我啊……好多人呢，突然就天天骂我。

“其实我早就不想当网红了，我想过没有滤镜的日子，可我又怕你因为这个死了。比起这种日子，我更不想失去你。”

何沚金把她的头按向自己的肩膀，说我知道，你的委屈我都知道。

“无论是取悦粉丝，还是考电气研究生，这些都不是我真正想做的，我总觉得被推着往前走，我已经不知道自己想要什么了。”

“那你真正想要的是什么？”

女生歪着头思索了半晌，牛头不对马嘴地说了句，诺亚方舟。

“我小时候，爸妈在城里做生意，把我养在乡下外婆家。

“有一年发大水，大家提议去水边锻炼胆量……你笑什么，谁没个年轻时。总之洪水来势凶猛，我和不会游泳的小表妹，硬生生被逼上了树。

“其他小伙伴回家后叫来了外婆，但她一次性救不了两个孩子，只能先把小表妹抱在背上带回去。我一个人在树上待了很久很久，感觉被全世界遗忘了，捱到洪水退去，我才爬下树。”

“所以，你在等诺亚方舟来救自己？”

女生摇摇头。

“回家后我才知道，小表妹因为受寒，身子又弱，刚刚去世了。”

“小表妹是薛清嘉的双胞胎妹妹，后来她便一直记恨着我。”

“有一次她酒后吐真言，说其实他们都明白，小表妹的死和我没关系，但他们找不到出气筒，只能让我来承受罪责。”

她双手攀上他的脖子，极轻极轻地问：“你明白吗？”

这些日子，她被公众当作出气筒，转移怒火。他们明知她无罪，却故意做有罪推定，来洗清自己的罪过。

何沚金捏着啤酒罐，深深地闭上眼。好些年前，他刚能化成人形时，在傅栩栩所在学校的初中部读三年级。

那时候傅栩栩还没出名，只是个普通的高三女生。

春天午后的运动场，她扎着马尾辫，素面朝天却满是少女风情。手肘白皙，宽松运动短裤下露出一截长腿。发球的瞬间，她微微眯了下眼，他真感谢那天的阳光，刺目，且灼人心扉。

她的排球，在空中绕过一个弧线，擦着他的侧脸。

打偏了。

而他也因此，对她长长久久地偏心了。

一觉醒来后，傅栩栩总觉得自己穿越了，时光倒流到遇见何沚金前的日子。微博下一片风平浪静，没有要求她道歉的评论，私信也不再挤满了“滚出网红圈”的消息。

只是曾发照片威胁她非要进新闻社的白色头像再无动静，聊天记录也空空如也，就像从未存在过一样。

那阵子，女生常去图书馆借霍金的书来看，直到把时空相对论搞得透彻了，也没搞明白为什么何沚金整个人失踪了。

她想不起来醉酒当晚自己究竟说了什么胡话，只是浑浑噩噩地过日子。有时心血来潮，也会看看进化论相关书籍，毕竟她的男朋友，不是人。

收到F大研究生录取通知书的那天，她正吃着莴苣鲜虾粥，拍了张照片却不知该发给谁。她的微博好久没更新过了，家人群里因为薛清嘉考研失败而死气沉沉。

女生只能把通知书收好，赶去学校广场拍毕业照。

大约是“剽窃案”留下的后遗症，傅栩栩一到人多的地方就犯怵。她磨蹭着挪向台阶边缘，脸埋进学士服，一副恨不得变透明的样子。

“栩栩，你可来了，我们等你半天了！”

宣传委员的大嗓门吸引了整个广场学生的目光。

傅栩栩牵了牵嘴角，心下犯愁：午时三刻，好时候啊好时候，该不会发生流血事件吧。

“傅同学，真是大快人心，你前不久揭露的李教授抄袭事件，有人爆料了更为确凿的直接证据，今早学校都发通告，说要彻查此事呢。”

“……哈？”

“对啊，想不到之前自杀的那位同学，竟然留下了临死前的视频，控诉李教授的罪行。”

“真谢谢你啊栩栩，要不是你，我们的毕业论文可能都会被盗用呢。”

傅栩栩深陷众人的夸赞中，晕头转向地拍完毕业照，才喘口气打开数日不用的微博：果然，李教授已被拘禁，自己的微博再次获得巨大关注，粉丝量涨了好几番。

她上传了红彤彤的录取通知书，设为仅自己可见。

八月的北京，下着不淹没全城就誓不罢休的的暴雨。

傅栩栩加班到九点过，打车排号到几十开外去了，她索性脱下高跟鞋，纠结着到底是又在办公室凑合一晚，还是深入水中步行到地铁口。

女生放弃了F大的研究生录取通知书，凭借在新闻社四年与当网红多年积累的经验，她很快在一家公司找了份新媒体工作。

窗外天地相接，像是诺亚六百岁那年的二月十七日，连降了四十天的雨，不舍昼夜。

满世界的水中，她忽然想起高三时的一件事。

那天傅栩栩参加高中最后一次体测。因为常年健身，她的身体素质好得出奇，因此偶尔会被学妹拜托，代替她们考一考八百米。

巧的是，求傅栩栩帮忙的学妹和她是同一天测试。更巧的是，傅栩栩当天来例假了，整个人手脚发寒，勉强跑完学妹那一程，已经提不起丝毫力气。

学妹不知她生理痛，还为着傅栩栩往年帮别人跑都是满分，今年只给自己跑了个九十分不满，阴阳怪气地说了句“学姐年纪大了，好好歇着吧”就走了。

傅栩栩强忍着疼痛，第二次站上跑道，等着号令声。忽然被不知道哪儿窜出来的男生撞了一下，本来没事，但男生却摔向了地面，连带着她一块跌倒。

男生是实打实地摔惨了，她却因为倒在他身上，毫发未损。

倒地的瞬间，她瞥见男生在塑胶跑道上蹭了满手血，对方却不知疼一般，眼疾手快地把血擦到她的膝盖上。

正值夏天，傅栩栩腿上鲜血淋漓的一大片，触目惊心。

体育老师只得批准她缓考，自行去医务室包扎。

那天晚上，傅栩栩因为一张手握豆浆的照片，火遍全网。她和那个帮她逃过一劫的男生，再没见过。

直到很久很久以后，见到何沚金手上浅浅的伤痕，她才记起这件事。

雨势渐收，宛如潺潺的河流。

“傅栩栩，上船。”

女生还在楼梯口发呆，忽然被什么人叫住了。

还能是什么人，世间除了他再无第二人。

她忙不迭地跑到街上，没膝的雨水打湿了她的衣鞋，但她只觉得这是电影里应有的场景，她喜欢的男孩子驾着一艘船，那是她的诺亚，跨越了千山万水要来救她。

“你失踪近半年，就为了给我修一艘诺亚方舟吗？”

她心里还是怨他，怨他不辞而别，怨他杳无音信，但能怎么办啊，说出口的话还在拼命给他找理由。

船终于靠近，他伸出手，将她拉上来。

“本大爷哪有那工夫啊？淘宝的。”

见她作势要打自己，男生故意晃了几下惹得女生惊呼，随即朗声大笑。

“别动粗啊，傅栩栩，小心掉下去。我只淘宝了木材和图纸，其他都是自己做的。但我失踪，可不只是满足你的少女梦，主要还是为了收集李教授的各项罪证。这期间我潜伏在网上，不能用人形出现，实在对不起。”

他揉揉她的头发，真心实意地道歉。

“其实我早就喜欢你了，傅栩栩，但直说怕你拒绝，只能骗你说你不当网红我就会死，借以接近你。”

男生有些不好意思地挠挠头。

“若说私心，也是有的。但算来算去，不过和你谈恋爱那么一件。”

想想也是，纵观整个合作过程，他从未逼过她，哪怕是帮她红的手段，也由着她的性子。明面上说是改变她的现状，实际上却帮她一步步找到了喜欢的事，做回了傅栩栩。

“欸，你们俩，干吗呢？咱们这地儿不让过家家啊。”

几束光照过来，穿着制服的保安费力地在水中穿行，拼命靠近二人。

“你知道诺亚方舟故事的结局是什么吗？”

“耶和华决定不再用洪水毁灭世界，并创造了彩虹，作为向世人的保证。”

她想她今后无需自渡，无论世事如何艰险，他都会出手相助。

END

专属于你的
心情晴雨手账

糖

RECORDYOUR MOODS

写下属于你的小秘密吧

SUGAR
BOMB

_我好喜欢你呀，像

打你，不讲道理。_

飞翔的丹顶鹤

Text / 元宝罐罐

元宝罐罐：高级非酋体质的彩票5块钱连中纪录保持者，专注小甜文的白日梦专家。

01

唐先生现在在父亲旗下的一个公司工作，按照社会上的通俗说法，唐先生是个富二代，根据流行的都市偶像剧的人设来讲就应该是英俊、冷酷、跋扈，万花丛中过，片叶不沾身。但是很可惜唐先生除了英俊之外只剩下呆，恋爱经验为零。

唐先生不太喜欢“富二代”这个称呼，坚持称自己是一个生意人。生意人现在不好做，白天做生意，晚上还要陪人吃饭套交情，生活不规律还容易胖，为了不变成像父亲那样的大腹便便，唐先生每天早上都会去附近的一个小山头跑步。

跑上跑下，扭一扭，心情舒畅。

02

今天天朗气清，万里无云，是个跑步的好天气。

唐先生按惯例在半山腰老君庙的空地前停下来休息，一扭头发现了老君庙前多了个长发及腰的女子。

他在脑海中过了一遍每天跑步遇见的朋友，发现大脑存储库里没有这个人。每天来这里经常跑步的就那么几个人，女子的打扮不太像是来晨跑的，但是这个时间来老君庙做什么呢？

唐先生作为一个二代生意人，谨记父亲的教诲，行走江湖，安全第一，不要有那么强烈的好奇心。

然而姑娘转过了头，唐先生看见了她的正脸。

就像是一粒冰砸到了心尖上，唐先生整个人都霎时打了个寒战。

这个女孩子有一双漂亮的眼睛，眼神却如古井般不起一丝波澜。

唐先生觉得好奇心是个好东西，好奇心激发创造力，好奇心促进人类进步。

他浑然忘记了刚刚的思想活动，怔怔地望着对方。不知多久，他深吸了一口气，装作漫不经心地拉伸着胳膊踱着步走了过去，走到离姑娘一个不远不近的距离，友好地问："你好，你也是来跑步的吗？"

姑娘打量了一下唐先生，微微蹙眉说道："不是。"

声音真好听，声线不高，有些微微的沙哑。

唐先生自小就随父亲出席各种场合，最擅长的就是死缠烂打和找话题："那你是来拜神的吗？你看我天天在这里跑步都没听说这里的老君庙很灵验啊。"

姑娘摇摇头："这个庙是后人修的，拜了也不灵的。"

"那你这个时间来做什么啊？看风景？别说，今天天气还真不错。"

姑娘直视着唐先生："飞升。"

唐先生从头到脚起了一阵冷汗，茫茫然地眨巴着眼睛，怪不得这么漂亮都没人理，这就是个精神病啊！

03

精神病叫贺小珊，自称原形是丹顶鹤，修炼至今已经数百年，今天到这座山的目的就是远观此山有灵气缠绕，适合飞升，特意前来考察。

精神病还说这个老君庙是后人为了赚钱才盖的，但是此地的风水还是不错的，天天跑步有益于身体健康。

唐先生看着精神病越看越觉得可怜，多漂亮的姑娘怎么就傻了呢，本来还战战兢兢的他带着点怜悯加了贺小珊的微信。

他想叮嘱贺小珊，却又怕她突然犯病，酝酿了一会，才忐忑地说："那你慢慢考察吧，这里晨跑的人不多，千万注意安全。"

唐先生是个守本分的生意人，他担心漂亮的精神病年纪轻轻被人拐卖了，家人该多心疼。

其实唐先生心里还是挺忐忑的，一个漂亮的精神病再漂亮本质上也是精神病，精神病杀人不犯法的，只能远观，不能亵玩。

04

第二天晨跑，唐先生习惯性地在老君庙前休整，左看右看没有发现昨天那个漂亮的精神病，心中颇有些怅然若失，鬼使神差地往庙后的小树林走去。

小树林没几个人去，树木遮天蔽日，一看就是拍鬼片的好地点。

一棵歪脖树旁站着昨天那个精神病，长发飘飘，身姿婀娜。阳光沿着山边转过来，与山脚的阴影相接，构成一抹起伏不定的灰，衬得精神病又美又有点吓人。

唐先生有点犹豫要不要过去打招呼，可是跟脑子不好使的人应该找什么话题呢？总不能上去说你好，你是丹顶鹤的后代，我是锦毛山鸡的后代，幸会，幸会。

正在唐先生犹豫的时候，旁边冲出来了一个身形高大的青年，直奔贺小珊而去。

唐先生愣了一下跟了过去，就看见那个青年站在贺小珊的面前，神情猥琐地说："美女，一个人啊？"

唐先生就有点不乐意了，不好好晨练，行这种无耻之事，臭不要脸。他脑袋里想着，腿先一步迈了过去，挡在了贺小珊前面："谁说她一个？走开。"

猥琐青年上下打量了一下唐先生，不耐烦地举起手："你叫谁走开，就你这小体格我劝你走开比较好。"说着就将唐先生蛮横地推了出去。

唐先生是个正经的生意人，娇惯的富二代，只会动脑，从不动手，刚想抵挡，眼前一阵天旋地转，反应过来才发现被推倒在了地上。

唐先生摔在地上，头晕眼花的，刚挣扎着掏出手机，就被猥琐男一脚把手机踹飞，猥琐男面带不屑地说："跟你有什么关系，想救美也不看看自己是个什么熊样。"一边说一边伸手就要去拉贺小珊。

唐先生在地上动弹不得才想到父亲当时让自己学习男子防身术的必要，可惜这个时候也不能速成了，只能眼睁睁看着，嘴里焦急地喊着让贺小珊快跑。

唐先生这边急得脸上冒汗，却发现贺小珊还是淡定自若地站着，看到猥琐男的手即将碰到自己，嘴里方念了个听不懂的词，猥琐男就仿佛被定住了一般，手伸在半空中摆出了一个滑稽的姿势，脸上一副见鬼了的表情，嗓子里哼哼着囫囵音，脚尖点地摆出个芭蕾舞的起手势。

有人说受到过度的惊吓是说不出话的，唐先生在这一瞬间，就完全忘记了声带的功能，看着对面哑剧一般的情景，嘴巴也不自觉地形成了一个 0 型。也不知道过了多久，唐先生还没缓过神来，恍惚间听见贺小珊的声音："你还不起来？地上不凉吗？"

唐先生僵硬地转过头，发现贺小珊已经站在了自己身旁，脸上微微带了点不耐烦。他深吸了口气，才发现手心里都是汗，颤颤巍巍地爬起来，连身上的土也顾不上拍，抬起食指兰花状指向青年，颤抖着说："他，他这是被定住了？"

贺小珊点点头："定他一个时辰，给他个教训，我们走吧。"

唐先生一步三回头地跟在贺小珊后面，哆嗦着下了山。

两人一路无言，唐先生一路上都战战兢兢的，没有吭声，倒不是他胆子小，任谁看到这一幕发生在活生生的现实中不晕倒已经很不错了。一直到山脚下，唐先生才定了定神，调动了全身的意志力，跟贺小珊说了声"再见"，加快了脚步走向停车场。

唐先生回到公司，看着装扮精致的来往人流，才下意识地松了口气，心不在焉地跟秘书打了个招呼，鬼使神差地打开电脑，进入百度，输入“丹顶鹤”，回车。

他皱着眉头盯了许久，修长的颈、笔直的腿，这身姿，这气场，真挺好看，手不自觉地抖了一下，默默设置成了桌面壁纸。

唐先生的秘书万小姐按惯例为老板端茶倒水时不经意瞄到了电脑壁纸，一只正在喝水的丹顶鹤，嗯，好看。壁纸刷地进入下一张，两只在河边溜达的丹顶鹤，嗯，还不错。壁纸刷地进入下一张，三只准备展翅飞翔的丹顶鹤。嗯？老板今天莫不是脑袋有病了？

万小姐能做总经理秘书，早就学会了面不改色这项本事，心中纵然有十万个为什么，脸上仍然维持着冷艳高贵。

好不容易到了中午休息，万小姐环顾左右没人，悄悄登上一个八卦论坛，发了一个题目为《惊！年轻的多金老板居然有这种癖好！》的帖子，将早晨老板办公室发生的疑惑倾诉了一下，立刻收获了各路八卦党的回帖。

有的说，富二代怎么都得有点小爱好，俗话说得好啊，穷玩车，富玩表，你们老板更进一步，玩上鸟了；有的说，喜爱小动物怎么了，就非得喜欢猫猫狗狗啊，我就觉得爬行的小蜥蜴最萌，你们得允许百花齐放百家争鸣；有人说，你们瞧不起丹顶鹤是怎么的？那也是国家一级保护动物，跟大熊猫是平级的，全中国才一千多只，你们这群俗人懂什么。

吐槽了整整一个中午，万小姐终于心满意足地下了线。就是晚上出现了后遗症，估计是中午吐槽多了，睡觉时万小姐感觉只要一闭上眼睛，就模糊地看见丹顶鹤一只接一只地飞，黑白弹幕似的漫天开花。

05

唐先生这个晚上也甚为辗转反侧，经过了一番思想斗争后偷偷翻看贺小珊的朋友圈，给自己打气看个朋友圈没什么大不了的。发现朋友圈里面的照片都是各种山头小溪，纯粹的荒山野岭，连个人影都没有，一看就是做不符合法律道德事件的好地点。

景色拍得美则美矣，大半夜看略为瘆得慌。

唐先生壮了壮胆子问贺小珊："你这么喜欢旅游，有参加户外驴友团吗？"说完就有点后悔，一上来就随便打听别人的隐私多不好，唐先生被人冠以钻石王老五，好多女孩子在背后夸奖他特别绅士，其实那是他恋爱经验为零，不太会说客套话。

"驴友团是什么，大家组团骑驴？"贺小珊居然回复了，倒出乎唐先生的意料。

"就是几个人一起出去郊外探险、旅游之类的小集体。"

"没有，我们修成人形之后习惯独居，有灵气的地方可是很宝贵的，除了伴侣和挚友，一般不与他人共享。"

唐先生就有点担心了："你一个人，不，一个妖去荒山野岭那些地方要注意安全，虽然你有本事，但是像今天碰见那种人生气也影响心情。"

"没事，我事先都算好了时间，一般人类碰不见我。"

"瞎说，那天我就碰见你了。"

那边沉默了一会，微信界面蹦出来一行字："按佛经的话说，这是缘分。"

唐先生这辈子都没想到自己能与妖精联系起来，他对玄幻、修仙的唯一接触是在自己的妈妈看仙侠剧时扫了几眼，心里还是有点嗤之以鼻的，假的还这么多人看。当时妈妈一边拿纸巾擦着眼泪，一边嫌弃他什么都不懂。

王小波说，一个人想象自己不懂得的事情，很容易浪漫。

唐先生看着手机，心中风起云涌，险些把手机捏碎。妈妈，我觉得我恋爱了。

缘分天空，美丽的梦，就算是个妖精，长得这么漂亮我也认了。

06

唐先生辗转了好几天，终于决定要把贺小珊约出来，他要一诉衷肠，这么漂亮的妖精可不能让给别人。

零恋爱经验的唐先生为了表白做了很多功课，又在下午磨磨蹭蹭地请教了心腹秘书万小姐，万小姐表面依旧冷艳高贵，心里八卦的火熊熊燃烧，恨不得立刻就在网上发帖《惊！年轻多金老板居然请教我如何恋爱！》。

当然作为首席秘书的工作态度是绝对端正的，万小姐贡献了自己和周围姐妹的各种表白心得，看了看时间来不及了，又发动私人关系为老板定下了市内最火的情侣表白圣地，并积极出谋划策为老板打造表白造型，简直操碎了心。

月上柳梢头，人约黄昏后。

万小姐的八卦姐妹团也在角落里就位，时刻关注这边的动向。

唐先生按照万小姐教的找了几个话题，深吸了一口气，紧张地望着贺小珊："你，你有没有男朋友？"

贺小珊皱着眉头看着他："没有。"

"那，那你介不介意多一个？"

贺小珊面无表情地看着他："你说的多一个该不会就是你吧？"

唐先生控制住紧张，一副豁出去的表情，颇有些革命烈士舍生取义的觉悟。他今天被万小姐鼓励了一下午，坚定了自己是一枚钻石王老五的信心，年轻、英俊、多金，有房有车有存款，戒烟戒酒不赌博，就是性别不对，要不早就被评为三八红旗手了。

"不要。"贺小珊摇摇头。

"为什么？"唐先生特别伤心，他想到了被拒绝，只是跟电视剧上的温柔勾人的妖精一点都不一样，面前这个真是一点都不委婉！

"你是人，我是妖，人和妖是不能相恋的。"贺小珊认真地说。

这个拒绝的理由万小姐倒没教过唐先生怎么回答，唐先生多谨慎，他才不会随随便便向外人宣扬心上人隐私呢。

唐先生小心翼翼地说："你这是从哪里听到的谬论？这都是什么时代了，和谐社会，人和妖也要和平相处，只要和平，怎么处都行。"

贺小珊撩撩头发，心不在焉地说："妖是要吃人的，吃了你，你就死了，还处什么。"

"可是，可是你不是丹顶鹤吗？丹顶鹤也吃人吗？"唐先生震惊了，他小时候看过封神榜，但是毕竟那是电视剧，谁在生活中也没遇到过，他也真的没有考虑到妖还要吃人。

"……不吃。"

这不就得了，多简单的问题，唐先生发挥了特别不要脸的生意人精神，试探性地从身后捧出了一大束鲜花，看都不敢看，塞在了贺小珊的怀里。

万小姐的八卦姐妹团在私人群里及时报告动态，其实她们仅仅是抱着八卦心态来的，但是在贺小珊的进门瞬间就激动了。女性才是最喜欢欣赏美女的，同性相斥不针对大美人。

"太漂亮了，你们老板这眼光太牛了。"

万小姐作为首席秘书不太适合去这种八卦场合，看不到真人只能默默在家里看群里的动态，看到这句话气得“咣咣”撞墙：“到底多漂亮，跟现在的那几个网红和新晋的小花旦比怎么样？”

“甩那几个网红和小花旦两条解放路加四个万达广场。”

万小姐气得够呛，自己去不了白白便宜了这些姐妹，于是要求现场的八卦团偷偷拍几张照片发到群里让自己过过眼瘾。

八卦团遵命拍了几张，发现怎么拍人都是虚的，不禁大为奇怪。万小姐却更加生气，认为这些姐妹是故意的，暗暗下定决心利用职务之便让老板给自己几张私人照片。

话说这边唐先生偷眼打量贺小珊，见贺小珊犹豫了一下但好像也没怎么拒绝，就有点陶醉了，在心里默默给自己点了个赞。

“你说你这妖多坏，你不吃人为什么开始还拿那种理由拒绝我？”唐先生就有点委屈。

贺小珊愣了一下，低下头说，因为烦。

总有那些打着降妖除魔旗号的和尚、道士，突然就从哪个旮旯里蹦出来，拿着个符咒、铃铛什么的就要收人。岁数还大，失手打伤了那些不要脸的，他们就往地上一躺，明目张胆地碰瓷，特别烦。

07

于是两人开开心心地过了一段时间。

初秋的天气已经冷下来了，北方的风一不小心就凉得瘆人，打在人身上，透骨地冷。

唐先生却每天都特别兴奋，自己与一个漂亮的小妖精谈恋爱了，多么激动人心！眉眼间都透着激动，成了冬天里的一把人形火炬，晃瞎了整个公司人的狗眼。

春风得意马蹄疾，人生得意须尽欢。唐先生想敲锣打鼓地向世界宣告，想穿情侣款的小白鞋你侬我侬，但是不行，得忍着。

万小姐索要私人照片未果，但是利用职务之便死缠烂打在老板身后见了几次贺小珊，于是在娱乐八卦时看到某某富二代追求哪个小花旦，某某公子喜欢女明星的时候，都会微微一笑，带着点高高在上的怜悯表情：你们这些俗人的眼光也就这样了。

贺小珊却一直很淡定，她活了几百年一直清心寡欲，世间的事见得多了，心也就麻木了。

何况人与妖，本来就不是能在一起的，连各取所需都达不到，迟早就会厌倦。

这天唐先生与贺小珊看了场电影，为了怕旁人留意贺小珊还特意包了个小厅。正宗的进口枪战大片，场面震得人耳朵嗡嗡响，唐先生手舞足蹈地跟贺小珊回味刚才的大场面："你觉得好看吗，我觉得特别炫。"

贺小珊想了想说："还好吧，就是场面甚为花哨，看着不像打仗，倒像是放烟花。"

唐先生嘿嘿地笑："那你可看不了现在的电视剧啦，把你们这些修仙的妖打架场面渲染的别提多华丽了。"

停车场需要路过旁边的小巷子，时间有点晚了，夜沉默得像蛰伏的兽，这么冷的夜里行人稀少，又这么静，仅有周边的几盏路灯，显得巷子里暗得更纯粹。

突然间眼前多了一个僧人，穿着一身五颜六色的宽袍僧衣，静静地站在月色之下，显得有些怕人。

唐先生脑子转得甚快，糟了，莫不是来拿人的！立刻就挡在了贺小珊的面前，暗暗地戒备，心中早想好了千百遍的说辞。

“你这妖孽，居然敢到人间为害，还不束手就擒！”

唐先生听着脸皱到了一起，这台词从白蛇传到现在几千年了，能不能有点创意。

和尚看到挡在妖精身前的唐先生，怒目圆睁：“你这人还不快走，莫要被这妖孽迷惑。”

唐先生叹了口气：“大师啊，这是我对象，我要是跑了，她肯定就不跟我处了，大晚上的这么黑，你说你往路中间一站，吓不吓人？”

和尚没想到还能遇见这么执迷不悟的凡人：“你这个傻子还不快走，她是妖，非要等到被吃了才会反省吗？”

唐先生搓了搓手：“大师，你放心，她不吃人，她可讲究了，最多吃吃鱼虾，素菜做得特别好吃。”

和尚明显是被气到了，大声说：“你这凡人被这妖孽迷了心窍，看来今天也容不得你了！”说完就从袍袖里掏出一个硕大的铃铛，双手结印，铃铛晃出了一阵金光，念了声“去”，那道金光便直奔唐先生而来。

贺小珊推开唐先生，纤手一指，那道金光就在她面前消散无踪，和尚仿佛没有预料到一般，吓了一跳，脚步朝后退了几步踉跄着摔倒在地上。

贺小珊冷冷说道：“这位大师，我化人形至今，一直谨言慎行，从未犯过伤天害理之事，修行要修身、修心、修功德，劝大师也要分清黑白莫要堕了功德。”

和尚的面容沾染了怒火，只能卧在地上恨恨地看着贺小珊，却终究说不出一个字来。

唐先生在旁边缩着观战，看到这边尘埃落定，就蹦出来补枪：“你说你这和尚多傻，我对象是国家一级保护动物，你看过新闻没有，就她们鸟界最普通的猫头鹰把一个村的鸡都吃了，村民也不敢怎么样，你还敢碰她？掉一根羽毛都比我们人类金贵。"说完就拉着贺小珊扬长而去。

08

恋爱中的男人想得特别多，尤其是与妖精恋爱的男人，史料记载的上古时期的纣王酒池肉林，爱江山更爱美人，唐先生也不例外，酒池肉林那个程度达不到，稍微奢侈点的生活还是可以满足的。

百度了丹顶鹤的生活习性，唐先生就在网上购买了各种有机食品，还抽空去了趟动物园，与饲养员交流鸟类饲养经验。考虑到自己与妖恋爱的事实，又购买了《山海经》《易经》《盗墓笔记》等一系列沾边或者不沾边的各类名著小说以求钻研。

贺小珊在旁边冷眼旁观，虽然对唐先生的好意都微笑着接受，但转过身去默默叹气。她觉得唐先生是一时兴起，过一阵就消了。

唐先生拍胸脯保证自己是个有信用的人，他从小看《新白娘子传奇》，这充分奠定了坚信人妖相恋的基础，十分经得起组织考验。

唐先生很生气地问贺小珊为什么总是不相信自己，他不怕贺小珊不喜欢自己，他怕她不信任自己。

贺小珊就低下头说，人妖相恋违背天理。

唐先生就安慰她，现在每天新闻过后就是天气预报，除了地震预测比较费劲，其他天气都能预测到 15 天之后呢，特别准。

唐先生给贺小珊写情书，他觉得信息时代，手写才能代表自己的心，摘抄了各种文豪的情诗，仿佛又回到了学生时代。

写完情书就找顺丰快递，务必当天送到贺小珊的手上。

贺小珊很无奈，但是仍然把情书放在盒子里收好。

人说爱情和咳嗽是藏不住的，唐先生没有恋爱经验，也不知道怎么表达，于是他学着论坛经验送礼物，人家都说女人最喜欢礼物嘛。

相恋第一天要送礼物，第一周要送礼物，第九天要送礼物，满月更要送礼物，恨不得天天都是纪念日，看到顺眼的就买，对于唐先生而言，每天能够看到贺小珊就感觉幸福像花儿一样绽放。

其实每个人都有底线，但是对某个特定的人而言，这个底线就放得特别低，与其他人完全不在一个水平线上，恨不得从出发点就给他放水，一个微笑加十分，笑得这么好看再加二十。像张爱玲说的，低到尘埃里，且开出一朵花来。

09

这天贺小珊与唐先生一同晨跑，到了老君庙后唐先生犹犹豫豫地问："你，你能进寺庙吗，不会有什么影响吧？"

贺小珊微微笑着说："早说了这个庙是后人修的，不灵的，不碍事。"

于是唐先生拉着贺小珊的手走了进去。天还不是很亮，庙里面黑黢黢的，有点瘆人。阳光从窗缝里漏进来，塑像的面容显得既慈祥又悲伤。

唐先生看着塑像清了清嗓子说："别看我是生意人，我对这些奇奇怪怪的迷信一直不太相信的，路是要自己走的，哪有那么多运气。"

说完他转过头看着贺小珊："但是那天能遇见你，我觉得自己特别幸运。"

贺小珊望着他的眼睛，低下头笑了笑说："你要是一直这么想就好了。"

唐先生心想，很久以前觉得自己的人生也就这样了，继承父亲的生意，赚差不多的钱，也许会按照父亲安排跟老朋友家的女儿结婚，结婚之后与父亲一样自己在外面做生意，妻子在家里照顾孩子，无论怎样都是让外人羡慕的生活。但遇到了你，就没了别的想法，有的只是好好在一起。

10

二月节，万物出乎震，故曰惊蛰。

贺小珊这天起得特别早，做好早饭后就默默坐在一旁等着唐先生吃完，她静静地看了唐先生一会，方才微笑着说："再见了。"

唐先生晕晕乎乎的，半晌没有反应过来，他不敢问，纠结了很久才说："你是要离开我吗？"

贺小珊点点头："我今天要飞升了，在第一次见面我就告诉过你的。"

唐先生张了张嘴，相处的时间这么幸福，他记得自己与贺小珊在一起的每一个细节，但是却不愿回想起她那天在山上的目的，说到底，他还是怕。

他沉默了很久，好像也不知道怎么挽留，大道飞升和与一个凡人生活任谁都知道怎么选。

他只能小声地说："是今晚吗？"

贺小珊就点点头："今晚渡劫，只要渡劫成功就位列仙班，遨游九天。"她淡定的脸上此时也没有露出什么兴奋的表情。

唐先生认真地说："那你千万要小心，位列仙班了也要有空下来记得看看我啊。"说完看了看贺小珊，转过头就急匆匆地拎包去上班了。

唐先生关上门，整个人虚脱了一般靠在了门上擦眼睛，为什么跟电视剧演的不一样呢？不应该是妖以身相许两人开心地过日子吗？为什么自己这么倒霉，遇见了一个快要飞升的妖，突如其来地就被甩了呢。

傍晚，暴雨倾盆，电闪雷鸣。

春雷隆隆作响，有网友在论坛里发搞笑段子，这是哪位仙家在此渡劫？底下就跟了一串回帖。

唐先生第一次翘了班，一整天都躲在 KTV 的包厢里唱歌，歌词里写，有些人，一旦错过就不再。但是事实上有些人真的是很想跟她错过啊！恨不得在雪地里迎风表演花式托马斯全旋跪地求饶："老天，求你让我错过吧！"

因为太难过了，连想都不敢想，想了就是撕心裂肺的疼。

如果错过，是不是就不会这么难过。

唐先生唱得嗓子都哑了才从 KTV 里面出来，刚走到门口就被天上的闪电吓了一跳，发呆了半晌方才反应过来。这，这是开始渡劫了啊。

这雷劈到身上该有多疼，渡劫原来是这么吓人的事吗，唐先生想都没想，迎着周围人诧异的眼光冲进了雨中。

到了山脚，唐先生下车急匆匆地奔向老君庙。雨像从天上泻下来，他没有带伞，雨打得人眼睛都睁不开。

唐先生爬到半路，忽然一个摇晃，他以为是自己一天没吃饭饿的没力气，谁知脚下一软，直接摔倒在了地上。是地面在晃！

他抬头看着亮成一片的天空，心里纠结成一团，但是突然之间他看见雷鸣的天上飞过了一只白色的影子，他激动得不顾脚下的泥泞，连滚带爬了地冲了过去。

贺小珊其实有点挺不住了，成仙要渡天劫，当空要连接九道雷，才算被正式承认。

但是自己纵然修行了数百年也是肉身，这雷打在身上真疼啊。

恍惚之间远远看见地上有个小黑点，贺小珊就不淡定了，这么大雨天能来的也只有那个傻子了。

雷声越来越响了，震得耳膜发疼，周围仿佛嗡嗡然成一片，但她还是听到了模模糊糊的喊声，她不由得分心想听听那个男人想喊些什么。

偷偷用了个顺风耳，才听见居然是在为她加油，她不由得“扑哧”笑了出来。这男人真傻啊，这么希望自己成仙吗，自己成了仙，怎么还会记得他这个凡人呢。

一边又硬抗了一道雷，一边幸灾乐祸地想，人妖不同的，这位先生你与其他人在一起其实会更开心。

她用眼角瞥见那个男人动也不动地站在那儿，好似定住了一般，喊声又模模糊糊得听不清了。

唐先生捂着耳朵抬头看，闪电如同白昼的刀锋一样劈了过来，一只巨大的鸟腾空而起，似游龙一样在电闪雷鸣间翱翔。鸟静止了一下，发出了一阵长吟，悍然冲向了刀锋。

过了一会，天地重归了寂静，周围只剩下蒸腾的雾气，一只恢复了原型的丹顶鹤从天上掉了下来，重重地摔在了地上。

贺小珊迷迷糊糊地想，怎么办，渡劫没成功，也说不上惋惜，倒有点小窃喜。

刚掉到地上，就听见周围的喘气声，一个人把自己搂进怀里，焦急地问：“怎么样了，有没有事？”

贺小珊疼得不想说话，缓了一会儿，方才哑着嗓子说："一定是你害的，我成不了仙了。"

那个人就把她抱得更紧了点，带着点哭声说："那你可要好好惩罚我，下辈子估计咱俩是遇不上了，我这辈子做牛做马补偿你。"

贺小珊就想，自己数百年的修行功亏一篑，才惩罚这个男人几十年，按男人常常挂在嘴边的生意经来讲可真是不划算。但无论如何，一个年轻又英俊的生意人给自己做牛做马好像也不太亏本。

唐先生想，或许她总有一天要遨游九天，但自己还年轻，还有很多岁月可以陪着自己喜欢的人，与她相守，与她相伴，这就是他这一生中最幸福的事。

END

私闯狼宅的后果

Text / 郑好冷 试举例

郑好冷：一个轻言放弃的少女。

01

三月，空气里开始有了些春天的味道。

被修缮过的古街在此时有一种别样的风味，花枝从古色古香的围墙上探出头，嫩粉或纯净的白，与墙头上的砖瓦相得益彰，而在它之下——

在它之下是一条长长的队伍，直指向一处古老的房子。

这房子虽说古老，却不破败。据说这是古街里唯一一栋没有被工程队翻新的房子，因为它本身保存得已经足够完好，原本的木架构被小心地保存下来、仔细加固，屋顶上的砖瓦仍旧整齐摆放，屋脊上低调却精致的装饰仿佛从未受过风雨的摧残。

老房子与周边翻新过的房子布局相似，整体狭长、有一条临街的廊道，正对街巷的一间房被用作商铺。此时商铺里摆满了糕点，那长长的队伍，似乎正是为此而来。

但若是有多些了解，就会另作他想了。虽说“古街陈家的桂花饼，百年传承，味道一流”，但队伍中的女生反复偷瞄着心仪的对象，显然暴露了她们的心猿意马。

市里还有传言“陈家桂花饼现在的老板，颜值极高，都能去演电影了”，这个传言被陆陆续续前来的女生所证实甚至夸大，进而为这家小店吸引来了巨大的客流量。

但这传言还有下半句，“但他不爱搭理人，别招惹他”。这个传言似乎不用有勇士证实，因为陈姓老板扔了一张二维码在明码标价并有详细文字介绍的糕点边上，他自个儿则在商铺内侧戴着耳机喝着茶，明显一副生人勿扰的模样。

也无妨，反正蜂拥而至的女生只是想看看他的脸。

而我不一样啊。

当代大学生总是有这样那样的社会调查，而作为一个立志要好好学习的大学生，对待社会调查也不能马虎！

于是在老师布置下这个课题之后，我就开始思考如何做一个有趣并有深度的调查。后来我灵机一动就想到了这家糕点店，帅气的老板增加了课题的可读性，历史街区、历史建筑又很有深度，可以说是非常完美了。

确定课题的当天我就加入了这个长长的队伍，还排在老远的位置我就开始盯着那个老板看，期待能与他有个目光交集，好歹混个脸熟，当然并没有。等到我终于来到队伍的最前端，并且实在经受不住香味的诱惑买了十块桂花饼后，我开始尝试向他搭话。

“你好?

“……你好?

“你好！”

我一边问好一边移动身子，甚至还卖力地挥了一会手，但他连头都没抬一下，而我被后面的队伍齐声嫌弃，只好离开。

这样的场景发生到第三次的时候，我咬咬牙走进了商铺，引得身后的女生们一片惊呼。我来到他的面前，硬生生地逼迫他将目光从书上移开。

“你好！”

“我不好。”他面无表情地说，“你是不识字吗？糕点名称、简介、价格、制作日期我都摆在外面了，还有什么问题需要你走进来打扰我？”

果然传言不是空穴来风，但我也没有立马认输。

“你好，我是在校大学生，想做个社会调查，能不能采访您一下呢？”

“不能。”

“……就一会儿时间。”

“如你所见，我很忙的，要照顾生意。顾客都排到三百米外了，没空陪你过家家。慢走。”

虽然我哪只眼睛都没看到他有一点儿忙的样子，只偷偷地觉得越看他越觉得他好看，既然这么好看不如就依了他？

当我走出几步后，不由得感慨，美色误人啊。

经过那次的重大失败后，我几乎想放弃这个课题了。但冥思苦想好几天，就是想不出比它好的。而当我意识到不能再拖了的时候，距离老师给的一个月期限，只剩两天了。

所以带着莫名的执着和些许的不情愿，我又排进了长长的队伍。

这次我算好了时间，在五点的时候才来这儿。之前我打听到，这个老板仗着自己生意好，严格限制了每天的营业时间，夏令时下午六点、冬令时下午五点半准时关店。我在他关店的时候找他做采访，他就不能说要忙生意了吧？

事到如今，只能死皮赖脸地缠住他了。

五点二十七分的时候我来到所剩无几的糕点前，装作纠结的样子反复挑选。排在我身后的阿姨看我磨磨蹭蹭的样子，气得直跺脚，之后她看了看时间，响亮地“哼”了一声离开了。

五点二十九分的时候，坐在阴影里的老板合上了他手中的书，起身来到商铺门口。

“要关店了。”

“你好，我……”

“又是你。”

他好看的眉头微微一紧，就不再理睬我，低头收拾商铺。

“我就打扰您几分钟,您能不能告诉我您对现代历史街区的改造有什么看法呢? 您是目前为数不多的原住民了,您……”

他一言不发,只是加快了手上的动作,收拾完毕后抬头说了一句:“你缠了我这么多天还不如用这些时间去门口的街上发点调查问卷,回去之后再自己找点论文结合起来分析,脑袋白长那么大了就会浪费时间。我要关门了你请回吧。”

我竟然无法反驳,他说的一点儿没错,只是这样做所需要付出的时间成本我这会儿实在付不起。

“求你了,我后天就得交这个作业……”

“没空。”

“都关店了你还能有什么事啊? ”

我当然知道应该对受访人表现出礼貌的态度,也知道采访应该建立在自愿的基础上,但他的态度实在让人恼火,我偏过头,不去看他好看的脸,以防又被美色蛊惑。

远方的夕阳洒下了最后一抹余晖,没有阳光的古街,似乎一下子变得清冷了。白天喧闹的人群、富有生气的花朵,在夜幕降临的此时都隐在了一片寂静中。

对面也突然没了动静,我慢慢回头,却被眼前的情景吓了一跳。

老板伸手用力抓着胸口,表情痛苦而狰狞,他冷汗直冒、腿也打战,仿佛下一秒就要跌坐在地上。我吓坏了,赶紧伸手去扶,却抓了空。他飞快地向里屋跑去,只在房间里留下粗重的喘气声。

我完全慌了神,掏出手机想叫救护车时才发觉自己的手抖得不成样子。我深吸一口气逼迫自己冷静下来,想着他或许是某个长期的疾病发作，而屋内有准备才会往里跑吧，说不定现在已经正常了呢？

会不会倒在里面了？

想到的这个可能性又让我心里一惊，回头看了一眼空荡荡的街道，努力屏蔽掉事后老板告我私闯民宅的设想，咬咬牙跑进了老板没关上门的黑漆漆的里屋。

我打开手机的手电筒，狭小的房间一览无余，除了几件平常的家具以外再无其他，老板也不在这儿。只是在房屋的角落里有一扇看起来就很笨重的门虚掩着，门缝里透出昏暗跳动的光。

我小心地推开门，看到了一路向下的楼梯，沿路的墙壁上插着火把。石制的楼梯蜿蜒着通向地下。

突然，一声古怪的呻吟从楼梯深处传来，击在厚实的墙壁上反复回旋。

我想逃了，此情此景让我脑补出太多可怕的故事了。

可谁知在我转身的时候，竟然手一抖把手机给抖出去了。我的手机竟然沿着楼梯往下摔，我赶紧跟着去捡，却并不知道几阶之外的转弯后就到了最深处。在拿到了被钢化膜和手机壳完美地保护着的手机之后，我看到了老板。

与其说是老板，不如说是穿着老板的衣服、鞋子，有着老板的眼神的站立着的狼！

我愣住了，与眼前的生物对视了几秒后，开始绝望地四处张望，希望老板突然跳出来说这是他养的宠物狼，不咬人的那种。

显然并没有。

我感受到自己的双腿开始哆嗦，脑子里只剩下一个“逃”字，同时我开始逼迫自己相信，传说里的事确确实实地发生在了我的面前，眼前的狼就是刚才急急忙忙跑进屋的老板。

他从看到我的那一瞬间就一直盯着我，而我也强忍着惧意看着他，一边缓缓地向后挪动脚步，奢望可以在他的眼皮底下看似自然地离开。

突然他往前迈了一步，而我被他的这个动作吓得向后倒在了地上，却看见他只是拽下了墙上的一条皮带，结结实实地捆在了自己狼化了的嘴上，然后摆手示意我离开。

我扶着墙站起来，看到皮带被捆得几乎勒进了他的肉里，而他的眼睛里，盛满了我看不明白的东西——没有丝毫要进攻的气息，反而是一种无助与悲伤混杂在一起的情感，甚至带有一些恐惧。

就像个迷路的孩子。

双腿不受控制似的向前走了两步，手也不自觉地向他伸去，暴露着我突如其来的想法。

他的双眼因为惊讶而微微睁大，大概是想张嘴说些什么，却被捆紧的皮带束缚着无法言语。他的表情变化像是叫醒了我，我低头看看自己停在半空的手，又看看他，被自己的行为搞得莫名其妙的同时，剩余的恐惧又涌了上来，于是我拖着发软的脚，往出口跌跌撞撞地跑去。

转弯前我又回头看了他一眼，他还在原来的位置，眼里还是那些说不清道不明的东西。

我离开了他的视线，沿着楼梯往上走，心跳声还在胸腔里回荡，但是却莫名地放了心，根本不担心会遭到来自身后的可能发生的袭击。

在那扇厚重的大门前我停住了脚步，火把的光打在门的内侧，照亮了上面刻着的密密麻麻的字。

最上面的一行赫然刻着“中国东南部狼人家族族谱”，上面的线错综复杂地指向好几个名字，而最下面只剩下孤零零的一条单线，指向“陈子熠”。

这个名字并不陌生，是每次付桂花饼的钱时都能看到的收款人姓名。

果然，刚才我想上前安慰的，是狼人。我又回头看了一眼向下延伸的楼梯，底下再没传来任何动静。

我推开门，绕出里屋。走出商铺后我抬头一看，正对上一轮圆月。

02

我熬夜写了一篇社会调查，写的时候总是不自觉地想到在商铺地下看到的场景，这直接导致论文成果前言不搭后语，连我自己也不知道写了些什么。之后的几天，我闲暇时就泡在图书馆，想着看些闲书冷静冷静，结果还是摆了一些探讨西方传说的书在面前。

在看够了关于狼人的论述之后，陈子熠的眼神开始频繁地在我脑海中出现。那双平时只会露出高傲眼神的眼睛，在那个夜所透露着的不安和恐惧，比发觉他真身后的我还多。

我对陈子熠的疑问越来越多，随着对先前发生的事情的反复回想，恐惧居然也随之消散，因为他的所有行为，都明明白白地表示他不想伤人。

这样想着的我，居然萌生出了去见他的冲动。

在我犹犹豫豫了小半个月之后的一天，临近下午五点半时，我又排进了那条长长的队伍。

前面的女生叽叽喳喳地谈论陈子熠的事，无非也就是什么刘海长长了、手指也很好看、今天的白衬衫衬得他更帅了之类的话，我心想你们谁都不知道他是狼人吧，这样想着内心居然升起了一股优越感。

队伍向前挪动，商铺在眼前变得清晰起来，一个女生惊叫："今天他亲自卖东西？"

"他这样都快两周了，还可以跟他说话哦！但是不能多说，不然会被怼……你也太久没来了吧？"

我捕捉到这个似乎刚好的时间段，抬头看向商铺。与之前坐在角落不同，陈子熠这时坐在商品的后面，每来一个顾客，他就快速地扫一眼，之后就任由目光四处飘荡。

我有一个大胆的想法：他是在等我吗？

很快这个想法变得不大胆了，因为我和陈子熠对视了。我就在他的注视下一点一点随着队伍前进，最后来到最前面。

五点二十三分，陈子熠对着队伍说今天提前关店，而后他好像漫不经心地收拾东西，时不时看过来的目光却像把我钉住了，让我一动也不敢动地在门前低着头绞着手指看人群散去。

"这回怎么不说'你好'了？"陈子熠突然说话，把我吓了一跳。

"啊……啊？啊不是……你好？"

"还采访吗？我们是东南部仅存的最后一支狼人家族了，题材是不是很创新？"

"不不不，不，不了……"

"怕我吗？"

他突然这么一问，我惊得抬起了头，正对上他的眼睛。

又是那种眼神，无助又悲伤。

“你是第一次被人看见吗？”

“难不成我还要到处宣扬？在头上绑个头巾上面写着‘我是狼人’？”

他说的话还和之前一样透着嘲讽的意味，但这次忘了加上不屑的语气。我突然明白了他眼中的复杂情感，就源自他无法选择的这一切和对于被害怕被厌恶的恐惧。

“我想吃桂花饼。”我指指商铺里摆着的诱人的糕点，自顾自地走进里屋，挑了个座椅坐下。

陈子熠似乎有些惊讶，愣了几秒后才开口。

“你以为这是你家吗？”

可是他的嘴角明明染上了笑意，眼里的阴霾也一扫而光，还偏偏装作不情愿的样子递给我糕点和茶，边看着我吃还边吐槽几句。

我当时想着，要是再早点过来就好了。

手握陈子熠秘密的我，通过那场十分不正规的茶话会和陈子熠混熟了。期间我问了非常多奇奇怪怪的问题，包括但不限于“你为什么叫‘陈子熠’这个名字？一点都不像狼人”“你有没有考虑写本自传然后藏起来？千百年后就是一项重大的考古发现了”“我上回太害怕了没敢仔细看，下回月圆你能不能拍张自拍发给我？”

陈子熠说他身上的狼人血统已经没有祖代那么浓厚，十几代以来，由于他们族群的数量太少，狼人一般都和人类结婚生子。现如今他除了农历十五的晚上样貌会发生改变，其他方面已经和普通人一般无二了。而原本的狼人在狼化后会丧失理智，他只要不在狼化后看到满月，就仍然能有清晰的思维。

我们还互相留了微信，我偷偷给他备注“新时代里的中国传统狼人”。回去之后我想看看他的朋友圈，结果发现他把我屏蔽了，气得我决定不主动找他聊天。

之后学校举办活动，部门忙得一塌糊涂，我和陈子熠没有任何联系。说实话我是想找他的，但微妙的倔强就是不让我去找一个屏蔽了我朋友圈的人，更何况当时我连睡觉的时间都不够，并没有精力去组织语言开启一段对话。

让我没想到的是，居然是陈子熠先忍不住了。

月圆那天，他真的给我发了一张自拍。一只狼，正儿八经地看着镜头，似乎还因为光线不足开了闪光灯。

我差点没笑出内伤，好一张狼的自拍。

大概是作吧，陈子熠的狼自拍照只换来了我的一句“哈哈哈哈”，之后再无后话。我一边盼着跟他聊天，一边又想要故作高冷，期待陈子熠下一次的按捺不住。

居然还是被我等到了，但这次的方式让我有些承受不住。

那天下午我只有两节课，走出教室之后就觉得走廊上的女生有些不太对劲，总是朝着一个方向指指点点。出于八卦之心，我也暗自往那个方向瞄了几眼，结果就看到了陈子熠。

陈子熠穿着黑色的卫衣和牛仔裤，斜挎着一个包，鼻梁上居然还架着一副黑框眼镜，可以说帅得一塌糊涂。我想着如果在这儿和他搭话，可能会被这整条走廊上的女生敌视，所以赶紧猫着腰打算溜走，结果还是被陈子熠挡在了跟前。

“怎么着，几天不见眼睛瞎了？”

“没有……你怎么来了？”

我非常欣喜地看到陈子熠有些害羞地挠了挠头发，但脸上还是做出一副轻蔑的表情。

“来做社会调查，看看现在的大学生喜欢吃什么。”

这个理由找得，恐怕他自己都不信。

我带着陈子熠往人比较少的地方走，以减少路上的女生对我的敌视。起初陈子熠还说几句“人这么少，我找树做调查吗？”之类的话，之后恐怕自己也懒得圆了。

我没有再问他为什么过来这里，隐隐约约地揣测到了一些他的想法。至于我自己，也早就对他有了无法忽视的情感，如果要追溯，应该要从我看见他狼化后的眼睛的那一刻开始。说起来也许有点奇怪，但感情不就是这样吗？

陈子熠走在我的右边，我们的肩膀间被双方控制出一个小小的缝隙。偶尔他的手臂蹭到我的肩膀，就能看到他小心翼翼地往旁边挪动。

“今天天气真好。”我看着远处的、因为良好的天气而显得十分清晰的山说。

“你挑话题的能力这么糟糕吗？”

我抬起头想怼回去，却正对上他弯弯的眉眼。我和陈子熠寥寥的几次一对一会面中，并不经常见他笑。

陈子熠感受到了我的目光，随即把笑容又藏了起来。

“说起来，今天你不用看店了吗？”我问。

“我的店，不想开就不开了。反正这个店最初只是一个用来抵挡古街改造工程队的盾牌。”

“哦？”

“我在读大学的时候，突然听说古街改造这件事。家里的地下室肯定不能被发现，我就给我爸妈出了这个主意。我们配合改造，也为了日后的旅游产业开店，同时我们自己能修缮建筑，不需要改造队大张旗鼓地来做。”

“古街改造也就是早几年的事啊，看来你还挺年轻？”

“你觉得我年纪大？可能只是和你对比起来我的智商显得非常对得起我的岁数，才让你有了这样的误解吧。”

“希望你可以做个安静的美男子，别再说话了。”

03

我在学校里从未受到这么多的关注。

从那天陈子熠来学校找我之后，我的周围就总是有女生主动跟我说话或者盘算着跟我说话。我给陈子熠发微信吐槽，他这个排场都够一个三线小明星了。

总有人问我，怎样才能和陈子熠说上话，我总不能回答一句“你得在月圆之日潜入他的房间”吧。

在这期间，我和陈子熠加了所有能加的好友，他在向我讨要账户名时还会义正词严地说这是怕我走漏他的秘密，每当这时我的白眼都能翻到天上去。从那以后无论是我的微博还是朋友圈，都会多出几条言辞中带着嘲讽的回复。

我说作业真多，熬夜熬得快秃头了。

陈子熠就说秃头说不定可以成为我的个人特点，以此摆脱掉进人堆里就找不出来了的现状。

我说今天买的蛋糕真好吃下次还要去买。

陈子熠就说他还以为我的脸是被打肿的，原来是吃出来的。

我干脆不说话了，就发张街上随手拍的照片。

陈子熠说这角度暴露身高。

我……还是转发抽奖吧。

夏天已经来临，街上开的花都换了一波，我翻出夏天的衣服，打着伞去找陈子熠。

并不是想去找陈子熠，只是因为舍友想吃桂花饼了而已。

陈子熠的衣服变成了一件简单的白T，松松垮垮地穿在他的身上。他已经不再躲在角落里了，有时来买糕点的阿姨们问些问题，也能得到他耐心的回复。

“又来蹭我的桂花饼吃？”陈子熠一脸不屑地说。我看着他勾出嘲讽弧度的嘴角，暗暗猜想这背后是不是有真心的笑容。

“我是来代购的。”我说，又加了一句，“买完就走！”

“喂。”

陈子熠看我真的转身想要离开，居然走出商铺，抓住了我的手腕。

他的手指有些冰凉，贴着我的皮肤，这温度又像是通过手腕的脉搏，送往了我的全身。我有些愣神，下意识地回头后才发觉脸颊发烫，而我也分不清是因为太阳太大还是什么别的原因。

“那个，我有些东西……买错了，你要不要看看有什么想要的？”

我甚至没有去吐槽他这句逻辑混乱的话，也没有听见身后嘈杂的议论，就点点头跟着他进了屋。

这哪是什么买错的东西，这分明就是我在微博上转发抽奖、心心念念还买不起的东西。

“随便挑，都拿去也行。”

我愣愣地看着陈子熠，他却避开了我的目光，似乎不经意地抬起手遮住了半边脸。

“……原来开糕点店这么赚钱吗？”

陈子熠显然没料到我会这么说，顿了一下才慢悠悠地白了我一眼。

“我还开了个设计工作室，两个都挺赚钱的。”

说起来我是有听陈子熠说过他大学学的是设计，晚上总是在改方案之类的事情。

我飞快地估算了一下面前的这些东西的价格，然后说了句“太贵重了我不能收”，就夺路而逃。

从那以后我连转发抽奖都小心翼翼的。

如果陈子熠只是在微信上给我发了一个“来”，而我就立马认真地梳妆打扮屁颠屁颠地跑去找他，那我岂不是很没有面子。

我确实很没有面子。

我穿上了新买的衬衫、短裙和凉鞋，这还是我这个夏天第一次穿裙子。虽然不愿意承认，我确实不停地在猜想他会不会喜欢。所以等到站在他面前时，我假装理了理裙边。

可对面默不作声，等我抬头看他时，他居然在玩手机。

“我要桂花饼。”

“自己拿。”

“你就没发现我穿裙子了吗？”我干脆单刀直入。

“发现了。”

“你就没什么想说的吗？”

“你本来只有小腿黑，现在连大腿也要晒黑了。”

“你这人怎么这样？不好看吗？”

“好看。”

嗯？明明这就是我原本期待的回答，我却被这个回答震得一时说不出话。

不过，这个答案还是让我笑了出来。

“陈子熠，做我男朋友吧。”

语毕，我就扑上去给了陈子熠一个熊抱，队伍里的议论变成了惊呼，而后原本长长的队伍四散而去。

“完了，你把我的金主们都吓跑了。”

“我不管。”

04

糕点铺的老板交了个女朋友的消息飞快地传遍了大街小巷，自那以后糕点铺的盈利折了一半。陈子熠倒是一点也不在意，说是有更多的时间可以料理工作室了，还神秘兮兮地说只要摸清了甲方的脾性，工作室来钱更快。

我空闲的时候就跑去找陈子熠，现在我已经不用在烈日下排队，而是可以大摇大摆地径直走进商铺，坐在陈子熠旁边喝茶，以及接着蹭吃桂花饼。据陈子熠说，我第一次这样走进来的时候，嚣张得像一个中了彩票后回村修路的土豪。

我知道了陈子熠平常都在看什么书，也了解了他喜欢喝什么茶，当然也被他领着参观了地下室——远比我想象的大，除了上次我偶然看见的小厅，还有一间非常大的藏书数量非常可观的书房、两间装修得十分古朴的卧室、一间做桂花饼的作坊、一间摆了些运动器材的房间，自然，卫生间这样的配套设施也一应俱全。

陈子熠在商铺里装了个很显眼的摄像头，在店里挂上一幅“无人售卖、自觉付款”的毛笔字，之后开始更加肆无忌惮地偷懒。

也不能这么说，因为有时他确实是去做设计方案了；但有时，是拉着我去城里四处乱逛。

为什么说是四处乱逛呢，因为说约会有点不太好意思。

有一次他拉着我坐在大树底下，树叶挡住了夏日的燥热。他歪着头看了我很久，在我以为要发生点什么的时候，他说：“你这身肉可不能白长啊。”

“啊？”

下一秒他就枕着我的腿躺下了，打了一个夸张的哈欠，接着说：“肉多就是软啊，困了困了。”

我看着他的后脑勺和红透了的耳朵，低声说了一句：“臭流氓。”

夏日的午后总是闷热得让人昏昏欲睡，不知道什么时候，我也靠在树干上睡着了。再睁眼的时候，对上了两张陌生的脸。

我被吓得一下子清醒了过来。

什么情况？我有名得连睡个觉都要被围观吗？不对，是陈子熠有名得连他的女朋友睡个觉都要被围观吗？

我猛地一抬腿，把陈子熠的脸摔到了地上。两秒后陈子熠带着满脸的泥土和草屑一脸愤恨地看着我，刚要张口，也看到了那两个人。

我刚想缩到他的背后瑟瑟发抖一会儿，就听到他说："爸、妈，你们怎么回来了？"

我猛地一抬头，果然眼前的两人跟陈子熠有几分相像。

"你妈妈听说你找了女朋友，就着急忙慌地买了机票要回来看看你……的女朋友呢。"陈子熠的爸爸温和地说，说完看向身旁兴奋的妻子，眼里都是化不开的浓情。

陈子熠的妈妈则快步走到我的面前，笑着问我："你叫什么名字呀？多大了？我们子熠呀不会说话，我还一度担心他找不到女朋友呢，白白浪费了我们把他生得那么好看。"她笑了两声，又轻描淡写地补了一句，"哦对了，我是狼人，他爸爸是普通人类。我们东南系狼人已经十代单传了，传男也传女，我一度担心在子熠这儿断掉呢。"

没等我回答，她又走到她丈夫的身边，笑着说："不过这样一看，子熠和他爸爸真是像，你当时也总喜欢躺在我的腿上睡午觉。"

我看向一旁的陈子熠，他显然已经对自己的父母旁若无人地秀恩爱一事习以为常。

"你们今晚住家里吗？"

“不，我们还没结束在巴黎的旅游，几个小时后就要飞过去了。”陈子熠的爸爸揽过妻子，宠溺地摸了摸她的头发，“就是来见你们一面，马上就走了。”

陈子熠的妈妈朝我眨眨眼睛，示意我过去。

“子熠是个好孩子。”

“我知道的，阿姨。”

陈子熠走过来，把我往他的方向拉过去：“你知道什么啊你就知道了？”

我和他的妈妈相视一笑，而后齐刷刷地用充满爱意的目光看着陈子熠。

一个简单的告别之后，陈子熠的爸妈就离开了。我突然意识到这就算是见家长了，虽然仓促又简单。

陈子熠好像看出了我在想什么，用轻柔的、仿佛是要安慰我一样的语气，在我耳边说：“放心吧，我爸妈提倡自由恋爱，就算你是……这个样子，他们也不会逼着我跟你分手的。”

我看他的爸妈还在视线范围内，忍住了打他一顿的冲动，只狠狠地瞪了他一眼。

陈子熠偷笑着搂住了我的肩膀目送他们离去，嘴上说着还好他们不回家撒狗粮，眼睛却没有从他的爸妈身上离开过。

等他们走远后，我抬头看着陈子熠，说：“你看你爸爸对你妈妈多好啊，学着点。”

“你就当看了个偶像剧，看完就忘了吧。”

他虽然这么说，但替我拨开脸上的碎发时的动作却特别温柔。

陈子熠的妈妈提到自己是狼人时说得轻描淡写，而陈子熠不同。我总觉得他在刻意规避这个话题，就算提起，也是自嘲的口吻。

后来他告诉我，他曾经在中学时有个要好的朋友，关系好得他想向他坦白自己的身份。他在坦白之前，拿着一篇关于狼人的故事去问那个朋友对于狼人的看法，却得到了非常负面的答案。从那以后，陈子熠就对这个身份深恶痛绝，生怕知道这个秘密的每个人都会讨厌自己，所以他每次狼化都把自己关在房间里，连父母都不见。

我摸着他的头发，看他费力地想要挤出一份嫌恶的表情却没有成功，最后轻轻地把头埋在我的肩上。

"所以当你知道我是狼人，却又回来找我，并接受了我的时候……"

"嗯？"

"我就像是看到了光。"

我抱紧了三百年才坦率一次的陈子熠。

05

在月圆之夜的前几天，我和陈子熠约好这次月圆陪着他。

看他之前的表现，狼化的过程并不好受，我就想有人陪着照料一下是不是会好一些，以及，我想让他知道我能够接受他的一切。起初他当然非常反对，找各种理由拒绝我，但最终还是在我的软磨硬泡下同意了。

"没见过你这样的女生，大晚上的非得往一个优质男青年家跑。"

"是是是，优质男青年，来，张嘴，吃糖，啊——"

月圆当天，我帮着他一起收拾商铺，整理完毕后小心地关上了门，来到地下室。

“你维持这火把挺麻烦的吧，怎么不换电灯呢？”我故作轻松地笑着说。

“气氛，懂吗？”

“懂懂懂，就你讲究多。”

而陈子熠没有回答，我看向他时，他已经捂着胸口蹲在了地上。我赶紧跑到他身边，却不知道能做什么。我看着他煞白的脸上长出狼的毛发，头顶长出了狼的耳朵，他的五官因为痛苦而狰狞，即使狼化后也还是如此。

我抓着他的手，原本有着修长手指的手也很快变成兽爪，长长的狼毛蹭着我的手腕。

这个过程大约也就是两三分钟的时间，狼化完毕后的陈子熠看着我，叹了一口气，问：“害怕吗？”

我倔强地摇头，用袖口擦了擦看着他挣扎时眼角溢出的眼泪。

陈子熠用他现在非常宽大的手摸了摸我的头，转身要去拿我第一次见他时他缠在嘴上的那条束缚带，我拉住了他，摇了摇头。

我踮起脚尖捧住了他的脸，细细打量狼化后的他。

显然，比他发给我的直狼自拍好看多了。

我摸了摸他脸上新长出来的毛、头上的两只耳朵，又用自己的鼻子去蹭了蹭他的黑鼻子。

陈子熠被我看得不好意思了，微微偏过头去，说：“怎么着，没见过狼啊。”

“对呀，还真没见过！”

他澄澈的大眼睛里倒映出我笑嘻嘻的脸，映着映着，他自己也笑了起来，露出了骇人的獠牙。随后他像是意识到了什么，慌慌张张地抬起手想遮住，又被我摇摇头阻止了。

陈子熠看着我，小心翼翼地向我伸出手，又小心翼翼地把我揽进他柔软的怀抱。

我和他一起瘫在沙发上看手机，准确来说，是他瘫在沙发上，我瘫在他身上。我刷着微博，看到好玩的微博就拿到他面前给他看，多数时候换来的是一句嘲讽，偶尔可以听到他忍不住“扑哧”一声笑出声，又假装严肃地通过咳嗽掩盖过去。

变故就是在这样的情景下发生的。

就在我悠闲地上滑微博首页的时候，感觉到在我身后的陈子熠突然坐直了起来，而我因为这突如其来的动作一个踉跄差点摔在了地上。

陈子熠像变成了另一只狼似的，怒目圆睁，原本柔顺的毛发似乎变得尖锐而粗粝了起来，而这样的他，正在以一种奇怪的姿势，慢慢地向我走来。我慌了，声音带颤地叫他的名字，却没有得到任何回应。

几秒后，他朝我扑过来，但我得到的并不是柔软的怀抱。我被他扑倒在地，他的两只手死死地摁住我的肩膀，他的眼睛就像是找到猎物的饿狼。

我被他细细打量了一遍，但这绝不是带有任何感情的视线。末了，他盯着我的肩膀，咧开嘴，露出他刚才试图遮挡的獠牙。

我感到一阵刺痛，但远没有想象中的疼。

我被放开了，陈子熠低着头起身，拿起了墙上的束缚带，捆自己的嘴时似乎用尽了全身的力气，束缚带几乎嵌进肉里。

他的脸上写满了惊讶和懊悔，最初见他时的悲伤又回到了他的眼睛里。

我拿手机看了看自己的肩膀，只有一条浅浅的伤，大概獠牙刚刚蹭到皮肤，就被它的主人勒令停止。

解开手机锁屏后我看到刚才刷的微博，猜到了陈子熠突然失控的原因——有个好友发了一些矫情的文字，而配图是一张满月的照片。

我在陈子熠的面前站了十分钟，他却始终没有看向我，最多拿眼睛瞄了一眼我受伤的肩膀，就更加坚决地撇过头。

“陈子熠，我说了我没事。我之所以没事，是因为你及时控制了自己。”

我忍无可忍，抬起手强行把他的脸掰到我面前，并解开了他绑得很紧的束缚带。嘴的周围已经被勒出血痕了，我轻轻地抚摸这条痕迹，却惹得他吃痛地吸了一口凉气。

“你看到了月亮，是我的错，是我刷到这条微博的。”

“不是，”陈子熠终于开口，“归根结底是因为我是狼人。”

我感觉到他的目光又停在了我的肩膀上。

“你和我在一起，太危险了，要承受的东西也太多了。”

“我不管。”

我凑到陈子熠的面前，不让他的目光从我的脸上逃开。

“我知道你是狼人，狼人有什么不好，每个月十五都能免费获得一个巨型毛绒玩具，抱着特别舒服的那种。你也只是看到月亮会失控，今天是我第一次陪你没经验，以后我就学会了啊，帮你提防着，不就好了吗？

“陈子熠，你可千万不要装出一副大义凛然的样子叫我离开你，还美其名曰是为我好。如果真的是为我好，你就好好和我在一起。你如果因为今天这破事提分手，那你就是个胆小鬼，你只是承担不了这份愧疚，想用我的离开救赎你自己。

“所以呢？你刚才是不是要提分手？你这个胆小鬼。”

陈子熠的眼神躲闪，心虚地嘟囔：“我才没有……”

看着他这副样子，我满意地拍拍他的脸，在心里给自己喊了一声“Bravo”。

陈子熠拿来医药箱，简单地给我处理了伤口。

“我被你咬了之后，会变成狼人吗？”

我想起先前看的那些小说和传说，被狼人咬了的人在下个月圆之日也登上山头“嗷呜嗷呜”地叫了。

“不会。我们派系已经有几个世纪都是和人类通婚了，狼人的血统所剩无几，根本没有这样的威力。有家史记载的，大概两个世纪前，有个祖辈在月圆之夜因为一点小失误见了月光，失控咬了人。但被咬的人除了伤口好得慢了一些以外，没有出现其他症状。”

“那就好。”

陈子熠静静地看了我一会儿，小声说：“那万一，你也变成狼人了呢？”

“那问题可就大了，你可得对我负责啊！前辈，你得教我你们狼人界的处世规则啊！”

陈子熠看着我不正经的样子，终于舒展开他锁了好一阵子的眉头。

06

之后的月圆，我都陪着陈子熠一起度过。我总是会买很多吃的过去，炸鸡呀、匹萨呀，在他的地下室里把自己越吃越圆；或者仅带一袋零食，两个人边吃边看电影，累了就枕着他毛茸茸的胸脯睡一觉。我们还拍了很多自拍，为了防止被别人看到，我都把它们收进了私密相册。

当然，我和平常的陈子熠也拍了很多照片，这些照片被我发在了各种社交平台上炫耀。每天笑着看不同的人留言"你的男朋友怎么这么帅"也是一种乐趣啊。

我看到了陈子熠屏蔽了我的朋友圈，准确来说，是屏蔽了所有人。在遇见我之前，他的朋友圈里就是各种矫情的句子，遇见我之后，全是我，什么我今天一天都没有找他、他跑去了我拍照的地方结果偶遇失败，还有他又想到了什么招数逗我开心。我拿这些朋友圈逗他，被他狠狠地瞪了一眼，并被夺走了手机。

陈子熠的工作室做得越来越好，以至于他已经不怎么在糕点铺露面了。"无人售卖、自觉付款"的字还挂在商铺里，也确实落到了实处。于是来看陈子熠的女生们少了很多，但好在糕点的味道也留住了很多人。

我也在陈子熠的百般嫌弃下茁壮成长。每到考试前他就逼着我复习，像是督促小学生一样，坐在我对面一边盯着我一边做方案。我要是拿个手机玩一玩吧，他就说我怕是玩了三年手机才考上这么个破大学。我一想我的大学也算是重点大学啊，所以他头一回这么说的时候我理直气壮地怼了回去，结果在得知他的毕业院校之后乖乖地放下了手机。

陈子熠的爸妈在结束了巴黎之旅后回来了一段时间，期间总是叫我去吃饭。他的妈妈还偷偷给我看了陈子熠小时候的照片，其中有一张他第一次狼化的照片，是一只非常可爱的小狼幼崽，见我非常喜欢，她就把那张照片送给了我，还千叮咛万嘱咐不能让陈子熠知道。他们的下个旅游地点是埃及，临走前还要了我的地址，自那以后我每个月总能收到两三张明信片。

我在第无数次蹭桂花饼吃的时候第无数次地夸赞了陈子熠的手艺，并第一次提出想看看陈子熠怎么做的桂花饼。

结果他冲我露出了不怀好意的笑容。

“这是祖传秘方，不得外泄。但是你要是真的想知道，也不是没有办法。你有两种选择——”

“快说。”

“一、成为我爸的儿媳妇；二、成为我爷爷的孙媳妇。你自己选吧。”

END

养鬼

Text / 木曲

木曲：这个人很馋，什么也没有剩下。

01

已经是第三次了。何维回到家又发现昨天自己没有关电视机，但这回她觉得有点不对劲，电视机的画面停在电影频道，而她昨天明明追榴梿台的电视剧到凌晨。

何维知道这事有点邪，于是隔天她悄悄打开电脑摄像头，假装像往常一样出门上班，出了门的何维转头钻进了一家网吧。花了一天时间，何维把这天家里所有的摄像头录像看完了。看完之后，何维试着站了几次都没有站起来。

录像的前半个小时挺正常的，半个小时后，恐怖的一幕发生了——电视机竟然自己打开了！这还不算最可怕的，最可怕的是，电视机打开后，竟然自己开始换台，屏幕闪烁几下之后，频道停留在了……电影频道！

02

何维一连在网吧附近的酒店住了好几天。这几天她没有去上班，早上从酒店出来就直奔网吧，就这样一连又看了三天的录像，终于摸出了一点端倪。家里的电视机每天九点半就会自动打开，然后换台到电影频道，一直持续到六点左右，大概是她下班前的半小时。

第四天她依然像往常一样目不转睛地盯着录像，却发现电视机前的沙发上，慢慢有一团模糊的虚影显现出形状来。虚影越来越清晰，何维仔细一看，倒仿佛像个穿古装的人。

看见这团虚影，何维反而放下心来。她在心里打定主意，不管那家伙是人还是鬼，总要解决了才好。看它开电视的熟练程度，显然已经在家里待了不短的时间，既然它之前没有害她，应该……还是可以沟通的吧。

03

打定主意，何维就去菜场买了两挂大蒜，往脖子上一挂就朝家里赶去。她要杀那东西一个措手不及。

五点钟，何维站在了家门口。深吸一口气，何维猛地推开了家门。沙发上那团东西显然吓得不轻，一骨碌从沙发上滚下来，抖得站都站不起来。

何维心里也紧张得要死："……你……你到底是人是鬼……"

"……不……不要打我……不要打我……"

听到那东西磕磕巴巴的话，何维倒不怕了："你到底是谁？天天躲在我家鬼鬼祟祟干什么？"

"我……我是……我是刚死了两百年的新鬼，这……这里以前是我家……"那鬼还是怕得很。

"你以前死在这里？"

"……是。"

"……"该死的房东。

04

于是脖子上挂着两挂大蒜的何维和刚刚在她家发现的"新鬼"开展了一场气氛不太友好的你问我答。

"所以……你只是因为喜欢看电影才一直赖在我家的？"

"是我家……"那鬼瞥了一眼何维，看她的表情他没敢继续争论这里是谁家的问题，"是的，而且我也不知道去哪儿……"

"我警告你，赶快离开这里，别想什么附身啊勾魂的方法来害我，不然我就要在家里挂满大蒜，还要念经烧符纸。"

"我……我不会附身，也不会勾魂……"

"你怎么那么尿啊，啥都不会还当什么鬼？"

"……也不是我想当的。"这倒是了。

何维看那鬼有点颓废的样子，心里某根弦被勾了一下：看这鬼的样子，也像是鬼中北漂族，更何况先来后到，还真不好赶他，不然就……

“行吧，你留这儿也行，但是别给我打什么坏心眼，不然用大蒜熏死你。”

“……哦。”

05

关了房间门闭眼躺在床上，何维都不敢相信自己竟然收留了一只鬼，她觉得自己一定是疯了。但是想想那鬼囝囝的，又觉得有点出乎意料的……萌？

闭眼没多久就听到敲门的声音，何维说了声“进来”，就看见门自己开了。

“……我再加一条……以后在家不准隐身！”这货是想把她吓死了让她去陪他吗？

“哦……”鬼挠了挠头，“那个，我是想说……我叫刘薪羽。”

“何维，”何维抚了抚额，“还有什么要说的吗？”

“……没……没了……哦对了，忘了跟你说了……”

“什么？”

“……我不怕大蒜。”

“……你给我出去！”一挂大蒜被扔在门框上。

06

于是一人一鬼过上了互相抢遥控器的生活。

有时候他们也闲聊。

“你说说，作为一个鬼，你就没有点啥拿得出手的本事吗？”

“惭愧，惭愧。”

“你不是会隐身吗，那次怎么还让我发现了？”

“……我这不是以为你出差嘛……就懒得隐身了。”

“你还学会出差这个词了？”

“惭愧，惭愧。”

“你还需要吃饭吗？”

“吃饭的需求是没有的，但是有时候也会馋，就，略吃点。”

“那你怎么吃？真的吃进去？”

“人有灵魂，食物自然也有，食物的味道和香气就是食物的灵魂……”

“……所以我那三包没味道的薯片和五瓶像水一样的可乐是你吃完喝完的？”

“惭愧，惭愧。”

要不是打不到他，何维真想把他抓过来狠揍一顿。

07

这天何维阴沉着脸回到家，刘薪羽就觉得她很不对劲。他瞥着瞥着，就被何维盯上了。

“你看什么看！”何维觉得这鬼怎么看怎么烦人。

“哦哦，我，我不看……”

“……连你一个鬼都不看我！”

“……我……我看……”

“不许看！”

“……我用一只眼睛看行不行……”

何维觉得折腾他一个鬼也没什么意思，别看他脸挺嫩的，算算年龄也是个老人家了。

“小刘啊，你说被劈腿是不是很倒霉啊？”

“……还……好吧……”难道她未婚夫红杏出墙了？即使这样也不好叫他小刘吧。

“你又没有被劈腿过，你怎么知道！”

“我有。”刘薪羽这句话说出来一点都不磕巴了。

何维简直不敢相信，刘薪羽看起来尿尿的，还是个挺有故事的男同学。

“……其实也没什么故事，就是她出去买香粉认识了街尾的泼皮，她又一向嫌我是温暾脾气，就勾搭了那泼皮在我的酒里下了药，还夺了我的田产屋舍……”

何维简直气得不行：“你那老婆，哦不前妻，也不对，那女人也太坏了，亏你竟然就这样被她窝囊地害死了，你就没想报仇吗？”

“我死后，她估计也害怕，给我烧了好多纸钱，我心里又……其实我也想去问问她为什么要这样对我，所以后来有一次我就忍不住去找她了，没隐身，谁知道竟然把她吓疯了……”

“活该！”这样一对比，何维觉得心里好受多了，“但是我还是不能放过他！”

“不然这样吧，我帮你出气？”刘薪羽突然笑得有点神秘。

“你不是干啥啥不行，吃啥啥不剩吗？”

“我可以吓吓他。”

“他胆子可是很大的，就你这样可不行。”

“那这样呢？”

然后何维就看到刘薪羽的身子消失了，只剩下一个脑袋。

“真有你的。”何维也笑起来。

“惭愧，惭愧。”

08

一向混吃混喝的刘薪羽总算是干了件大事，何维决定好好地奖励他。

“我们去看电影吧？”

“去哪儿？在家不就能看吗？”

“电影院。”

于是一人一鬼来到了电影院。何维一边骂刘薪羽败家，一边还是要了两张票。这回看的是鬼片，不过何维没想到，鬼也会怕看鬼片。何维看着刘薪羽一边强装镇定，一边疯狂往嘴里塞爆米花，也不知道为什么，明明看的是鬼片，还是一直忍不住想笑。她觉得一切都挺不错的，唯一不好的就是爆米花里面总是夹杂着很多不甜的。

电影结束，一人一鬼出了电影院。刘薪羽还是吓得一直往何维身边凑，何维又忍不住想笑，但是也没像往常一样骂他。

回去的路上，何维心想，下次看爱情片试试看吧。

何维也没有意识到，她竟然已经在计划着下一次了。

于是，何维成了千达影城的超级 VIP，千达的售票员都知道有个喜欢买两张票、两桶爆米花看电影的怪女人。

当然更多时候，这一人一鬼还是窝在沙发上，看着老电影，一下一下打着瞌睡。

09

这天刘薪羽难得地拉了何维说话，却又你你我我地说不清楚。何维有点奇怪，虽然刘薪羽平时说话也不太利索，但是两个人熟了之后这种情况已经少了很多。

“你到底要说什么？我忙着呢。”何维有点不耐烦了。

“我……呃……”刘薪羽觉得这事有点难开口。

“你不说我懒得理你了。”说罢何维就要走。

“别别，我……”刘薪羽一闭眼，像是豁出去了，“你去把屋外墙脚那儿挖开就知道了。”

不知道为什么，何维觉得有点失望，好像心里希望刘薪羽说的是别的什么话，但是她还是去把墙脚挖开了。

一挖开，何维就看到一个小小的木匣子，打开木匣，里面是一只翠镯子。一转头，何维就看到刘薪羽靠在门框上傻笑。

“送我的？”

刘薪羽只是傻笑着点点头。

“好吧，就当你的房租和伙食费吧。”

“不是的，”刘薪羽还是笑着，神情中却带了几分认真，“这是我娘留给儿媳妇的。”

10

何维没想到她马上奔三了还会有老脸一红的时候，躺在床上整个晚上都没有睡好。

没想到第二天一打开房门就看到刘薪羽那家伙站在门口等着。

何维刚要开口调戏他几句，毕竟之前虽然一直对着他那张还算有点好看的脸，但也没敢起调戏的念头。

却没想到刘薪羽今天格外的干脆："你先别说话，让我说完。我要去投胎了，昨天黑白无常来找过我了，我待会就走。"

何维心里却窝了火："你今天说话倒是不殀了啊，吃我的住我的，拍拍屁股就想走。你对我不殀，对着那什么鬼黑白无常倒是殀了，你怎么不让他们走啊？"

"……你收好我给你的镯子，我能送你的大概也只有这个了……如果……算了，你保重……"刘薪羽没再说别的，转身隐入空气中。

"早走早好，谁稀罕和鬼住一起……"何维嘴上说着，最后两个音却怎么努力都发不出声，好像有什么东西哽着。

11

刘薪羽走了。

他本来就是鬼，所以走的时候并没有留下半分痕迹，唯一留下的就是那个翠镯子，和传染给何维的看电影的习惯。何维还是经常去看电影，经常买两张票和两桶爆米花，不过不同的是这下她真成了买两张票一个人看了。

这天她又在千达影城看电影，是个老片子，只不过加了新的特效，虽然何维看过，但还是看得抹了好几回眼泪。电影放到一大半的时候，突然一个人坐在了她旁边。她有点不高兴，这明明是她买的位置。接着更过分的，那人把手伸进爆米花桶里开始抓爆米花往嘴里送。

何维忍无可忍，打算教训那人一顿。那人一转头，却是一个二十出头的年轻人，白白瘦瘦，笑起来倒让人觉得有点熟悉。

"这个座不是你买给我的吗？"年轻人还是笑着。

“我是刘薪羽。我回来了。

“之前没跟你说，是因为不知道还有没有机会再碰到你，我投胎成个什么都不好说……不过还好之前那女人给我烧的纸钱倒是派上了用场，那鬼差得了钱还帮我插了个队。”说完他仍是装作没事去拿爆米花吃，手却止不住有点抖。

一段很长时间的安静。刘薪羽忍不住瞥了一眼何维。

“你现在倒是长本事了，”何维开了口，刘薪羽反倒松了口气，“还敢贿赂鬼差，你倒是一点都不㞞了。”

“我也总得为自己拼一次吧。不过经历了这么多，我现在倒是做很多事都不㞞了。”

“哦？”

“比如说……”

然后何维就被亲了。

然后刘薪羽就被打了。

“喂你不㞞别跑啊！”

“……该㞞还得㞞……”

END

拥晚

Text / 夏眠

夏眠：春困秋乏夏打盹，白日梦旅行家。

01

蓝色笼子里的小兔子蜷缩成一个毛球，鼻子微微颤抖。许晨希伸出手指，轻抚它的耳朵，被惊扰到的小兔子挪了挪身体，又止不住好奇凑过去闻了闻少女的指尖。

“如果要的话，一定要两只一起买走哦。”

店长看了看蹲在地上穿着校服的马尾少女，特意关照。

许晨希抬头看了看精明的店长，又看了看互相依偎着的垂耳兔。

店长仿佛猜中了少女的心思：“如果只买一只的话，是很容易死的。”

“我会照顾好它的！”许晨希急着保证。

“不是哦。不是因为你照顾不好它，而是少了伙伴的陪伴，小兔子很容易因为寂寞而死。”

宠物店正对的是城市商业圈旁的步行街，步行街中心的 LED 显示屏上正在播放城市新闻，似乎是附近的自然保护区发生了野兽伤人事件。

S U G A R B O M B

心不在焉的许晨希站在路口，打开了微信，找到了带着玫瑰花的昵称，点开，光标在对话框里一闪一闪。

你还好吗？删除。

明天周末一起玩吧？删除。

我这里有两张星巴克的饮料券，要不一起？删除。

我看到上次你说的那只垂耳兔了，真的好可爱，你如果想要的话……删除。

许晨希今年才 16 岁，对于如何安慰一个被以近乎羞辱的方式拒绝心意的闺蜜，她的经验太少太少了。

她对于这些的理解只从小说、电视剧里得来，可哪一种，都派不上用场。

午休的教室，日光透过窗沿，有些泛黄的白色窗帘都清爽了些。

“希希，你说我要不要去啊？”舒悦遥忐忑不安，第十五次追问许晨希，用手指拉了拉她的袖子。

“你想去的话，我支持。”

对于遥遥做的决定，许晨希从来是无脑支持，哪怕遥遥想用蛋糕糊数学老师一脸，她也是那个堵在老师退路上的人。

得到鼓励的少女握紧了许晨希的手：“希希，我害怕，你陪我。”

不是祈使句，却包含着满满的恳求。

许晨希紧紧跟在了她身后，似乎想把源源不断的勇气通过目光传递到舒悦遥身上。

红灯格外的漫长，许晨希闭上眼睛，眼前反复出现的是遥遥手中的礼物。

那份包装精致的礼物，仅仅是缎带遥遥就选了一个星期。许晨希甚至觉得，要是能收到这样亲手制作的礼盒，她就很开心了。

可有着细碎刘海的黑发少年接过礼物，顺手就转赠给了身边的朋友。

所有人，包括停在体育馆看热闹的学生都睁大了眼睛。

手中拿着礼物的同学红着脸，惊得反问：“我说，叶朔，你当我是垃圾桶吗？”

“是。”

简短有力，甚至连个语气词都没有。

许晨希甚至来不及反应，就看到遥遥在哄笑声中狂奔出了体育馆，她没来得及抓住逃离的少女，只能用眼神斥责一脸置身事外的少年。

02

许晨希并不是第一次听说叶朔的名字，她听了三年，如雷贯耳。

初二时，女同学就会搭着她的肩膀，偷看独自靠着墙发呆的叶朔。少年的五官线条清晰流畅，当他闭上眼不说话的时候，便融入了周围的景色，看上去好像是新海诚电影里的美少年。

许晨希和大多数女孩子一样，对好看的人没什么抵抗力。可在一次体育课上，一个女生因为生理痛在他身边晕过去了，叶朔低下头，仿佛看着一个无关紧要的人，没有伸手，没有碰触，甚至都没有询问，直到体育老师过来才把她送到了校医室。

偶然经过的许晨希迎面撞上了叶朔的目光，对方坦然得毫不躲避，宛如拒绝遥遥那样，事不关己。

她莫名冒出了一个让自己都感到恐惧的想法：叶朔的躯壳里不是人的灵魂。

升入高中，叶朔的名气更响亮了，高三的学姐有时都会跑来他们的教学楼“偶遇”。

遥遥得知许晨希和叶朔一个高中的时候，兴奋得连连搓手，想要让闺蜜帮忙牵线。

一脸为难的许晨希：“我和他初中都没说过话，他可能不认识我。”

“咦？长这么帅，你都没有跟他说过话吗？”遥遥问。

“因为我们不在一幢楼，我在勤学楼，他好像是勤拙楼？即便是见面了，我也不敢去打招呼啊。”

“他初中就这样了？”遥遥比出了一个厌世的表情。

“啊，是，初中就是全校通报批评的常客，一副生人勿近的样子。”

“那……”遥遥拖长了尾音。

许晨希以为眼前的少女放弃了心里那点幻想。

“那也就是说，初中时代就没有和他走得近的女孩子了！”

遥遥，你的重点在哪里？

背后发出了连续的车鸣声，许晨希这才意识到自己站在了人行横道中央，前方是跳动的绿灯。

她赶紧加紧脚步走过，还没喘上气，便看到一个似曾相识的背影拐进了小巷。

叶朔？

许晨希悚然想起了之前学校附近有社会混混的传言，正准备拔腿就走，眼前浮现出了遥遥哭泣的脸。

叶朔的白衬衣并没有完全塞进裤子里，一半卡在了腰上，不知道是不是困了，他时不时用手拍打着脑袋。

正当许晨希想出声叫住他的时候，巷子里出现了三四个人影。

“抓到你了。总坏事的小子。”是口音奇怪的普通话。

“滚。”叶朔的回答清晰简短。

强烈的第六感告诉躲在巷口的少女：莫不是要群殴？赶紧跑。

少女赶紧转身，朝左侧的便利店走去。

便利店里随着“欢迎光临”的问候声一起传入许晨希耳朵的是一道声音：“就在旁边，走，今天非要卸掉他一条胳膊。”

许晨希僵在了原地，余光看到这几个人拐进了刚才的小巷。

她颤抖地翻出手机，赫然发现手机突然黑屏：要不要这样啊！这才几度啊！电池有这么怕冷吗！居然自动关机！

“还挺硬气的。”男人卡住了少年的脖子。少年的嘴角噙着血，一声不吭。

同伙有些不耐烦，晃动了下手里的废钢管：“废掉他一只手，看看有多硬。”

钢管被高高举起，顶端反射着寒冷的光，眼看着就要朝他被按在地上的手落下。

这时飘来了一个细弱的声音：“叶朔，闭眼，别呼吸。”

辛辣之气扑面而来，周围充斥着白色的粉末。

男人们使劲挥手咳着，被松开钳制的叶朔还未反应过来，便感到手肘上一阵温热，一个力量牵引着他狂奔出了小巷。

穿过人群，许晨希感觉心脏紧贴着肺叶，随着呼吸跳动，略带轻寒的空气从自己耳尖擦过。

无数的灯光流转，叶朔看不清周遭行人的脸，他突然感到了手腕上传来尖锐的刺痛。瞬间清醒的他猛然止步，前方的少女因为拉扯，重重往后倒在了他的怀里。重心未稳的许晨希却又被用力推开，直接向前倒去，趴在了地上。

她睁大眼睛回头看着深呼吸的叶朔，只听纤长的少年吐出了四个字：“多管闲事。”

满脸讶异的少女气愤得坐在地上，盯着他跑远的背影十分无语：什么人啊！你爸妈没告诉你，在被人帮助之后要说谢谢吗！

03

“希希，你手怎么了？”

“不，不小心摔的。”少女看了看自己破皮的手掌，一边吸着气，一边用镊子夹着酒精棉消毒。

“怎么这么不当心呀，是因为给遥遥买小兔子被抓伤了吗？小兔子呢？”作为医生的妈妈接过镊子，替她擦拭伤口。

“没有买，店长说要买就买两只。只买一只的话，小兔子会因为寂寞而死。妈妈，这是真的吗？”

妈妈温柔的呼吸贴着女儿擦伤的掌心：“是吧，毕竟没有人能战胜寂寞。”

“那遥遥的礼物该怎么办呢？”

爸爸这时抬起头：“解铃还须系铃人，心病还须心药医。”

对，解铃还须系铃人。

周日上午补课结束，叶朔看着挡住自己去路、一脸英勇就义表情的许晨希。

背后响起了嘀嘀咕咕的议论，许晨希面色通红，却执拗地一动不动地看着拎书包的少年。

叶朔长长地叹了一口气。许晨希预感：他答应了。

精致的蝴蝶发卡，白色珍珠母贝做成翅膀，翅膀边缘用铂金勾勒，最为巧妙的是蝴蝶停留的花朵上有着同色的珍珠，在商场玻璃柜里的射灯下流光溢彩。

本着不能小看每一位顾客的原则，销售露出了职业化的微笑，问：“小姑娘要试戴下吗？”

许晨希连连摇头：“不用了，要不……”

遥遥喜欢的东西都这么贵吗！垂耳兔也就算了，为什么发卡都要四位数！

还是垂耳兔吧，两只加起来也不到这个的零头。

“麻烦包起来。”叶朔说。

销售愣了一下，立刻堆出了更为热情的笑容，细心包装起来。

许晨希倒吸一口凉气，拉了拉叶朔的袖子，问他要不再考虑下。

叶朔立刻甩开了。

许晨希心头一紧，咽了口气，忍！

“买完这个，咱俩就清了。”

“你放心，送完这个礼物，我保证以后不在你面前出现！”

不愧是法国高档品牌，许晨希接过礼物，看着笑盈盈的销售问：“有贺卡吗？”

叶朔看了一眼拿出钢笔的少女：“我只答应你买礼物。”

“我知道。”少女低着头，一笔一画认真写了起来，“我写，你签个名就行。”

去遥遥家要穿过一片不大不小的郊区公园，原本游人就不多，漏光的夏日树荫更会让人误以为置身森林。

叶朔和许晨希一前一后地走着，刚好拉开了一米，心理学上陌生人间的距离。许晨希偶尔会回头看着平视而行的少年，叶朔的脸上依旧没有表情，嘴唇紧抿着，仿佛许晨希欠了他一座金山。

忍！

再坚持下，今天过后，就不用看到他了。

“站住！”叶朔突然拉住了她的领子。

还未等许晨希反应过来，叶朔又推了她一把："快走。"

手上的礼物"啪嗒"掉在了地上，弯腰去捡的少女还未够到礼盒，前方出现的一只脚踩了上来。

许晨希顺着腿看上去，刹那间汗毛倒竖，是上次攻击叶朔的那个混混。

"正好，上次的两个人都在。"男人的脸上露出了得意的笑容。

许晨希感到自己的喉咙一阵干涩，不自觉地往后退，往背后一看，是那人的同伙。

怎么办，叶朔？

她求助地看着面前握拳的少年，刘海挡住了他的眼睛。

突然，叶朔一把抱住她，把手足无措的少女紧紧搂在怀里。许晨希感到四面八方席卷而来的温度，少年的手指扣住了她的脖子，脖颈后仿佛淌过一阵暖流。

"在一旁躲着。"叶朔的嘴唇擦过了她的额头，用力把少女往旁边的草坪一推。

许晨希侧过脸发现叶朔的瞳孔变得细长，像是蛇的眼睛，顿时一下绽开，是金黄色的瞳仁！

他的脸、他的手，他所有外露的皮肤开始长出灰白色的毛，他的犬齿随着伸长的脸一并明显起来，勒住了嘴唇。

许晨希吓得跪在了地上。

显然吓呆的不只是她一个，旁边的混混也瞪大了眼睛。

面前活生生的少年变成了一头露着尖牙的狼犬，它的爪子宛如倒钩，扣住地面，金色的眼睛眯起，弓起脊背往后缩——这是野兽攻击的姿势。

惨叫声响起，被咬到脖子的混混一把甩开了狼犬。狼犬在空中翻了个身，稳稳地落在地上，然后俯下身体，再次冲了上去，一口咬住了另一个男人拿着刀的手。男人大喊起来，用另一只没有受伤的手猛砸狼犬的背。

狼犬伸出利爪，从他的眼睛上一抓而过，顿时清晰的血痕从男人的一只眼睛划到了另一侧的下巴。

狼犬落在地上，弓起身体。

“背后！”

少女看着它背后扑上来的男人，大声呼喊。

但还是晚了一步，尽管狼犬往左侧一闪，刀光还是擦着它的左腿划过。

挣扎的狼犬没有吭声，后退几步之后如弹簧般冲了出去，咬住了男人的后脖颈。

面对三个再也无法站起来的男人，狼犬发抖的身体终于倒了下去，发出了哭泣般的长鸣。

目睹了全程的许晨希呆坐在地上，时间仿佛静止了一般，她眨了眨眼，抬手给了自己一个耳光。

清脆的回响和火辣辣的疼痛提醒着少女，这一切不是做梦。

她踉踉跄跄地想要站起来，发软的双腿一屈，往前打了个趔趄。

许晨希咬着牙，手脚并用地抓着身边的树枝撑起了身体。

不要慌，站起来，

少女抱紧发抖的自己，快步朝狼犬靠近，还有呼吸！怎么办？叫救护车吗？

许晨希颤抖地翻出手机，却掉落在了地上，听到动静的狼犬睁开了眼睛，伸出带伤的爪子按住了手机，眼睛死死地盯着她。

少女明白了他的意思："我不报警，也不叫救护车，那去哪里？你现在受伤了！要不去你家？你家在哪里？"

尽管狼犬排斥她的接触，许晨希还是只能收起叶朔的校服和书包，拖着几十斤重的狼犬，一瘸一拐地上了出租车。

许晨希用手帕牢牢地按着它的伤口，原本还努力保持清醒蹲坐的狼犬终于承受不了，斜靠在了许晨希身上。

对照着身份证上的信息，许晨希让出租车开到了本市的高级公寓小区。

少女径直往保安室走去，拿出了叶朔的地址、钥匙，还有身份证，总算是取得了物业的信任。

刷了房卡，电梯楼层灯亮了，光洁的大理石地面映照出少女惊恐未定的表情。

在经历过大变活人之后，许晨希一点都不惊讶叶朔一个人住这么昂贵的房子，哪怕告诉她叶朔是正在渡劫的大仙她都信！

谢过帮忙搬运的保安，许晨希关上了门，脱掉了鞋子，把裹在毯子里的狼犬一路拖到了床上，在空得可怕的房间里翻找医药箱。

抽屉里，空的；柜子里，空的；壁橱里，只有衣服；再到房间里找找，只有几张照片，是全家福吗？

年轻的男人抱着刚出生不久的婴儿，女子靠着他的肩膀。

下一张是男人把孩子放在了他的脖子上，女人挽着他的胳膊。

嗯？似乎哪里不对。

不管了，先找医药箱！

居然都没有！

无奈之下，许晨希开了热水器，把毛巾反复地搓洗后来到卧室，跪在木质地板上，手上裹着毛巾，缓慢地擦拭着它的伤口。伤口并不深，但被铁器划伤要打破伤风疫苗，想到这里，她发了一条信息给母亲。

狼犬一直闭着眼睛。

夕阳透过落地窗勾勒出了少女身体的轮廓，在她原本就不算黑的头发上镀了一层温暖的光。

清理完毕。

精神放松的少女感到一阵饥饿感蔓延到了四肢，她捂着空荡荡的肚子站了起来。

空旷的厨房里，厨具光亮如新。她四处翻找，找出不多的米，还有冷藏库的一条鱿鱼、几个虾仁，以及煮火锅用的蟹肉棒。

唔，还好没过保质期。

等等，现在叶朔这个样子，是不是应该给他准备狗粮？

许晨希打开橱柜，拉开抽屉，试图寻找任何带有狗标记的食物，未果。

算了，只要不是巧克力，狗都应该可以吃吧。

许晨希把鱿鱼放在水里解冻，小心淘洗了一遍大米放在一旁静置，剪开了蟹肉棒的包装。厨房里响起了菜刀细细切剁的声音，不一会儿，煤气灶上均匀蹿起蓝色的火苗，“扑通”一声，食物入锅了。

叶朔醒来时已近傍晚。

他先是感觉到手臂一阵疼痛，然后是柔软而熟悉的床榻，在枕头边叠着的是整整齐齐的衣服。

他仰起头，艰难地拉过自己的睡衣，好不容易穿上，胳膊上尚未凝固的血痂好像又因为用力裂开了。

正当他疼得龇牙的时候，门被推开，少女背着光站着，随着她的声音飘落的还有食物的香味。

“你醒了。”有些局促的少女指了指厨房，“我做了海鲜粥，不介意的话，一起来吃吧。”

许晨希把一碗冒着热气的海鲜粥推到了叶朔面前，看着他吃力地坐下，她发现那些皮肤上的伤口居然已经开始愈合了？好快。这真的是狗一样的恢复力吗。

叶朔看着黏稠的白粥里漂浮着片状的小蟹肉棒，还有被切成小块的鱿鱼，正想拿起勺子。

“等等，放下，你的伤口！”许晨希连抽了好几张纸巾，擦掉了他胳膊上流出的血，同时听到了叶朔的肚子“咕噜噜”的响声。

“那个，那个……”许晨希咬了咬嘴唇，和叶朔提任何要求，都显得难以启齿。

“不介意的话，我喂你吧。”

许晨希坐在椅子的边缘，用勺子翻了翻粥，翻出一只虾仁。她回忆起妈妈照顾自己的样子，把勺子放到自己面前，吹了吹，再送了过去。

叶朔有一瞬间的迟疑，还是凑了上来，喝了下去。

烫吗？会咸吗？还够吗？

这些妈妈哄着自己的话，许晨希无论如何都说不出来。少女不说话，少年更不会说话，这碗粥便在一片安静之中见了底。

这恐怕是自己有生之年吃得最安静的一顿饭。

“你没什么想问的吗？”

收起碗筷的少女一愣，这才意识到他是在跟自己说话，连忙放下碗筷坐了下来：“有！你到底是人还是狗妖啊？还是和犬夜叉那样的半妖啊？”

“变形人，听过吗？”叶朔看着印着几何图案的桌布，并没有看她。

“唔，如果是吸血鬼、僵尸、狼人这种，倒是听说过，变形人的话，我就知道漫威那个。”

“漫威那个能变成任何人，但是大部分的变形人没有那个能力。”

“你的能力是变狼犬吗？”

“不是我自己想变的，从小我只要被异性接触就会变成这样，控制不了。”

许晨希睁大了眼睛，思维迅速跟上：“你不和女孩子接触，就是因为这个？啊！怪不得那时候你推开我了。”

少女想起了桌子上搁着的全家福：“可是，可是如果和异性接触就会变的话，那你妈妈不也……”

叶朔的目光瑟缩了下，有些自嘲地微笑。

许晨希突然觉得自己说了蠢话。

“算是有吧。”

“什么叫算是？”

“有时记得，有时不记得。如果你每次抱自己的儿子，都会变成动物，你能接受吗？久而久之，自然不觉得自己有过这个儿子。”

许晨希一时之间不知道该如何安慰，为什么想安慰人的时候遇到的都是超纲题。

幸好，叶朔也没有打算在这个问题上多纠结。

“你是我们中学第一个知道的。”

“什么？哦哦，我不会说出去的，我发誓。”

叶朔抬头看着举着手发誓的许晨希：“我可以相信你吗？”

“为什么不？”

“因为你是正常人。”

“那有什么关系？”

“你不害怕吗？”

“刚开始是有点。”

“可我害怕。”

“你害怕什么？”

“你知道远古世界存在两种人吗？一种是尼安德特人，一种是智人，同样是人类，智人灭绝了尼安德特人。现在的人类都是智人的后代，这意味着什么？遇到和自己不同的活物会恐惧、会排斥，当初狩猎的基因还沉睡在体内，一旦激发，对于我们而言就是灭顶之灾。”

叶朔的眼睛直视着许晨希，那目光刺痛了少女，她涌起了一股委屈。什么啊，又不是自己害他变成这样的，也不是自己弄伤他的啊，朝她发火做什么呢？

刚想张嘴顶回去的许晨希看到了少年受伤的手臂，话未出口又停在了喉咙处。

少女低下头，吸了吸鼻子：“我和妈妈说了，你晚上有空就去第一医院打破伤风针吧。”

04

月光铺满大街，许晨希踩着细碎的月光，手中还握着给遥遥的礼物，她踟蹰了会儿，伸手拦下了一辆车。

每个城市流言传播的速度往往都能超过偶像在微博上公开恋情传播的速度。没过几天，学校里便传开了野兽袭击人的传言，同之前山清谷自然保护区内野兽袭击的新闻不同，这次发生地是在郊区，于是演变出了无数个城市怪谈般的版本。

可对于许晨希而言，这简直是折磨。她心里仿佛生出了漏斗，整件事像海一样的重量都通过这个漏斗覆盖在了少女的身上，她无处可躲，甚至有个不知道从何得知她和此事有关、想来打听内幕的中年男人拦住了她，刨根问底。

透过黑框眼镜，男人的目光像是一把手术刀，剖开了少女的每一根血管、每一处关节，完全招架不住的许晨希只能咬着嘴唇重复："我不知道。"

伴随着上课铃声，少女头也不回地逃到教室，遇上同学们正兴致勃勃地讨论着什么，许晨希眼前一黑，可那些只言片语仿佛有生命一般钻入了她的脑海里，一遍遍地回放当日的情形，导致上课时她都完全无法听到老师说了什么。

"许晨希，请你读下这段文字，再说说作者表达了什么样的感情。"语文老师准确抓住了开小差的学生。

一旁的遥遥赶紧用手一指，许晨希大声朗读起来，是艾米丽的诗。

"我本可以容忍黑暗，如果我不曾见过太阳。"

课间，重新振作起来的遥遥把头搁在许晨希的肩膀上。

"这次假期旅行据说是去山清谷，王若飞和我说那边有天然富硒温泉哦。"遥遥眯着眼睛说。

王若飞？许晨希看着精神抖擞的闺蜜。

"不是，叶朔呢？"

"我觉得王若飞更好欸，现在想想，希希你说得对，还是性格温柔的男孩子更好，果然你喜欢的类型准没错。叶朔吧，就当我年轻时的一个梦，谁年轻的时候没犯过傻。"

"说得你好像很老一样。别这样啊，叶朔的脸还是好看的。"

"可是也就是脸而已了。"遥遥叹了口气，"难为你了，还能让他给我写道歉卡，虽然他只是签了字。"

"没有为难，只是让他还我人情，还完了，也就两清了。"

许晨希心虚地摊了摊手。

每天清晨，许晨希便能看到叶朔靠在公交站牌下，身后空旷的街道把少年的身材刻画得格外修长。

听到她的声音，叶朔会微微抬头，许晨希会红着脸点头打招呼。

他家好像和自己是反方向啊，他出现在这里干吗？

巴士总是准时在七点二十分出现，他俩前后上车，许晨希习惯性地往后移动，伸手拉住吊环的时候，叶朔总是微微往一旁侧过身。

明明两人的距离大，许晨希却总有一种被拥住的错觉。

每天傍晚，许晨希挎着书包小跑出校门时，会下意识地往后看。倚在香樟树边的少年会站起身，汇入人流，却和她保持一样的速度，前后走着。

上车刷卡的间隙，许晨希都能在周围女生兴奋的指指戳戳里，从后视镜里看到站在站台上的叶朔。

下班高峰期，许晨希总是要很狼狈才能挤开人群到达后车门。

终于有一次，仿佛牙膏一样被挤出人群的少女在下车的一刻一脚踩空，重心不稳往前一倒，差点跪在地上。

可是预想的结果并没有出现。

欸？许晨希看向多出的一个人影。叶朔？少年的右胳膊朝她动了下，又放了回去，握成了一个拳。

“许晨希，你没事吧？”一边传来温和的声音，许晨希的胳膊被一双手拉住，扶了起来。

“王若飞？我没事，只是滑了下。”

许晨希转过脸，笑着拍掉了裙子上的灰尘。

王若飞替她拍了拍额上的灰尘，他的眼睛在夕阳的余晖里显得更为温和了。

“谢谢。”许晨希的脸色有些发红，再转身，刚才站在自己身边的少年又奇迹般地消失了。

到家后，许晨希回到自己房间，打开窗户，躲在了窗帘后。

果然，叶朔还在，他看向自己的家，没多久便离开了。

这样的尾行让许晨希疑惑，在她快要按捺不住开口询问时，又一则新闻在城市里传开了。警方宣布以盗窃、藏毒等罪名逮捕那几名被野兽袭击的受害人，并且公布了调查结果。

之前一切流言，都被老师当作禁毒宣传的素材：吸毒会导致脑子出现幻觉，同学们要珍爱生命！

长舒一口气的许晨希忽然想起，自己好几天没有在站台看到叶朔了。

05

舒悦遥看着闺蜜疲倦的脸上浮着淡淡的黑眼圈。

“希希，这次去山清谷放松下呀，你要是困了，去那边泡完温泉能睡得更舒服呢。”

许晨希按着鼻梁点点头，余光扫到一抹熟悉的身影。

明明窗外没人，看来自己真的是累到出现错觉了。

山清谷在两省交界处，靠近国家自然保护区，又有天然的富硒温泉，机智的开发商们干脆出资在附近建了几个度假地，垄断了这里的旅游资源。

坐在旅行大巴里，看着窗外郁郁葱葱的树木，许晨希暗自感叹：校领导可谓花了重金改善学生的课余生活了。

下车后，老师安排好了住宿，两个学生一间，清晨和傍晚可以使用温泉，中午的时候会有人来打扫。

原本一脸兴奋以为是男女混浴的男同学们听到是分开泡之后，发出一阵唉声叹气。

“还有，更衣室和温泉里都不允许带一切的拍摄设备，包括手机哦。”

“啊……”部分女生也加入了叹气的大军中。

“你干吗这个表情？”许晨希捏了捏遥遥的脸。

遥遥一脸沮丧地摇了摇自己的相机：“昨晚你说你要穿比基尼去泡温泉，我把单反充了一晚上的电！”

无言以对的许晨希正想敲她的头，发现叶朔正隔着人群静静地看向这边，他的目光恰好落在了自己身上。

许晨希缩回了手，拉起遥遥的胳膊往度假村走去。

有些晕车的许晨希拒绝了晚餐邀请，换了衣服径直走向了温泉，她裹着白色的浴巾，赤足踩进了温热的水里，眯起了眼睛。

温泉的热度暖和了她的身体，抚慰了她的心，令人心旷神怡。

正在这时，水里冒出了一个脑袋，许晨希微微睁开眼，却吓得直接坐进了温泉里，掀起了巨大的水花。

在少女的瞳孔里映着光着上半身的叶朔，少年吓得忘了移开目光，直直地看着她。

“你，你……”

这时门外传来了女生交谈的声音，声音越靠越近。两人面色僵硬地看着入口处的布帘被掀起了一个角，一双雪白的小腿落入视线。

原本呆愣的许晨希转头看着叶朔，突然朝着叶朔的方向扑了过去，两人同时摔进了温泉，溅起的水花打在了同学的脸上。

“谁啊！把这里当游泳池了啊！”女生愤怒地说。

粼粼的水面平静了下来，许晨希站了起来，几缕头发贴着少女通红的脸，她揉了揉眼睛，连连鞠躬道歉。

这时，身后的水面又波动了下，探出了一个毛茸茸的灰色脑袋。

“啊啊啊？为什么温泉里会有动物啊？谁把狗放进来的啊！”女生哗然。

许晨希披上浴巾，不停地道歉，看了一眼湿漉漉爬上岸的狼犬。一人一狗，逃一般出了温泉厅。

虽说过了冬天，但室外的风还是让少女瑟缩了下，许晨希来到更衣室，看到狼犬站在门口，用前爪捂住了自己的眼睛。

噗。

其实这个样子的叶朔，还是挺可爱的。

许晨希迅速吹干头发，换好衣服，拿起一块干燥的浴巾蹲了下来，浴巾触及狼犬的那一刻，它颤抖了下，但很快便安静下来，由着少女擦干了它的毛发。

"咕噜——"许晨希按住了肚子。

"老板，一份鱼丸、蟹肉棒、土豆片、骨肉相连、海带丝、腐竹……"许晨希点着麻辣烫摊位上的串串。

"不好意思啊，小姑娘，狗不能进哦，否则其他客人有意见的。"摊主抱歉地说。

许晨希一把拉住了准备离开的狼犬。

"啊？那打包，给我两只碗。"

房间的阳台正对着草坪，草坪的拐角似乎燃着火光，偶尔能听到聚会上同学们的笑声，大概是在玩国王游戏吧。

许晨希坐在阳台的地面上，小腿从栅栏的夹缝里穿了过去，挂在了半空，身边是两个空空的碗。

少女仰头看着星空，好久没在城市看到这样美的星空了，一旁的狼犬乖巧地蹲坐着，时不时看着少女的侧颜。

"你什么时候变回去呀？明天吗？"少女问。

狼犬摇了摇头。

“今晚？”

狼犬又摇了摇头。

“那就是随机？”

狼犬沉默了会儿，点了点头。

“其实你这样更可爱呀。”

说完，少女伸手摸了摸它的脑袋，狼犬不满地哼了一声，转头盯着前方暗到有些荫翳的密林。

气氛真的很好，狼犬吸了吸鼻子，忽然感觉到身上一沉，睡着的少女靠在了它的身上。

它的前爪不安地踩了几下地面，看到少女披着的方巾滑到了肩膀下，抬了抬前爪尝试抓住方巾，完全够不到，现在的它甚至连挽住少女的肩膀都做不到。

它低下头，用嘴咬住了方巾的一角往少女身上拉了拉。

少女呼吸均匀，松软的头发散在了她雪白的脖颈上，细密的睫毛一动不动，柔和而安静。

狼犬犹豫了下，努力抬头，把自己的头搁在了少女的脑袋边上。

许晨希是被半夜回来的遥遥叫醒的。

睡眼惺忪的她正对着明朗的星空，身上裹着严严实实的被子。四周什么都没有，没有狼犬，没有擦拭的毛巾，甚至连麻辣烫的空碗都没留下。

“希希，你在找什么？”遥遥问。

“没什么呢，睡觉啦。”许晨希爬回床铺，和冰冷床单接触的那一瞬间，她怀念起那个有些炙热的小动物。

“睡什么睡啊！好兴奋啊！希希你知道吗，听说自然保护区里不仅有野兽，还有野人！”

“遥遥，我困啊。”

“我跟你说！真的有人看到了，前几次不是有人遇袭么，就发现野人了。”

“哦，野人。”

“不信啊！所以我们约好明天去山上探险！你来不来？来嘛！

“你要是不说话，我就当你答应了啊。希希？妈呀，你真的是秒睡。晚安，希希。”

06

秒睡的后果就是许晨希一大早就被舒悦遥给弄醒，稀里糊涂地跟着大家去寻找野人。她实在不懂为什么大家放着温暖的被窝不睡，非要跑去上山猎奇。

一边揉着眼睛，一边努力驱赶瞌睡的许晨希觉得自己才是一具躯壳，小伙伴们说的什么野兽野人的话题根本没听进去，只是零星捕捉到类似“野兽啊，尝过一次人类鲜血的美味就再也忘不掉”的语句。

这科普好熟悉，好像哪里听过？

等等，分明是《恐怖宠物店》里D伯爵的台词啊。

许晨希叹了口气，一步步踩在松软的泥土上。前几天下过雨，土壤混杂着潮湿的空气，泛起了一股让人不适的土腥味。

带头的男生叫张瑞。

许晨希看着他用水果刀一路在树干上划来划去，心也随之烦躁起来，打开矿泉水瓶猛喝了几口。

“你们看！”张瑞猛然蹲了下来。

地上有一块脏兮兮的布，似乎是片衣角。众人扒拉出来一看，是一件脏得看不出原色的衣服，衣服上还沾了几根黄色的毛发。

“是野人吗？！大发现！”小组里有人欢呼起来，往上方的密林跑了过去。

许晨希扶额头，有件衣服不是很正常的嘛！随手摸了下黄毛，针扎似的手感，少女把毛凑到眼前一看，灰黄色的皮毛上顶端是暗色的。

许晨希内心猛抽了一下，一种恐惧感卡住了她的喉咙，她睁大眼睛，看向密林的方向。

此起彼伏的惨叫惊起了林间的鸟。

张瑞几乎是滚下了山坡，手指颤抖地指着山石。

许晨希抬头一看，花色的斑纹，额上的印记。

众人转身就跑，但晨起爬了两个小时的山路消耗了他们太多的体力，比起身后追逐的虎，他们的速度只能用挪动来形容。

虎似乎一点都不着急，时而紧逼，时而漫步。

奔跑中的许晨希无端觉得它并不是狩猎，而是在参与一场名为猎杀的游戏，就和《饥饿游戏》一样，欣赏猎物们的垂死挣扎。

身后传来了咆哮声，大家的脚步都乱了。

遥遥被脚下的藤蔓绊倒，张瑞直接从她身上踩了过去，慌忙逃命。

遥遥！

许晨希赶紧收住脚步，拉起了遥遥，推着她往前。

就在这时，她看到了绿丛里隐现着的黄黑色的花纹。遥遥整个人吓得像麻袋一样瘫软下去，许晨希拉着她的胳膊，拼命想要挪动她。

就在这时，似乎有人抓住了自己的衣领，她回头。

是叶朔！

“你可以走吗？”叶朔单臂夹起了瘫软的遥遥的腰，小心避开了皮肤裸露的部分。

许晨希用力点了点头。

“走。”

跟着叶朔左转右转，有时候滑下了斜坡，叶朔会停下，闭上眼睛听周围的动静，有时候又会抽动下鼻子，嗅探空气中的味道。

跟在他身后，许晨希原本干涩发紧的喉咙仿佛泡满了温泉水，这股暖流顺着咽喉往下，抚平了她所有不安和恐惧的情绪。

前方看到了度假村的一角，就在这时背后传来了呼救声，是张瑞的声音！

许晨希打了个寒战，叶朔把舒悦遥放了下来。

许晨希愣愣地看着叶朔，她恍然明白了眼前的少年想要做的事。

叶朔感受到她的目光后转过身，看着这个自己偷偷打量过无数次的少女。

树影下，少女身形单薄，原本细腻松软的发丝被汗水沾在了她的脸上，因为紧张和急行，连眼眶都泛着红色，欲言又止的样子真的很像那天看到的垂耳兔。

叶朔没来由地笑了。

这是许晨希第一次看到叶朔的笑容，好像冰雪消融，又像冬日的太阳，让人挪不开目光。

叶朔捧起她的脸，看着少女漫起水汽的瞳中自己的身影渐渐模糊，看着她的眼泪滑过指间，针扎般的刺痛感离奇消失了。

少年低下头，额头抵住了少女的额发，呼吸在她的脸上四散，本该害羞的许晨希却连闭眼都做不到。

柔软的嘴唇贴着眼睛，睫毛细密，落下一个被泪水洗礼的吻。

眼泪的咸涩味道在少年的嘴里漫开，再睁眼时，他的瞳孔陡然变得细长。

许晨希拉起遥遥，拖着她往前。

背后的树丛突然传来声响，她赶紧把遥遥护在了身后，拿起了矿泉水瓶。

一个脏兮兮的男生大喊着滚了下来。

是张瑞！

许晨希赶紧拉住了他："就你一个，还有其他人呢？"

"什么人啊？！什么人啊？！"惊吓过度的张瑞打掉了她的手，"又多了一匹狼！狼和虎打起来了啊！野兽！"

许晨希僵在了原地，遥遥似乎恢复了神智，颤抖着说："希希，我们跑吧。"

许晨希的呼吸清晰可闻，她一把拿走了张瑞手上的水果刀。

"希希！"遥遥哭着说，"希希，没人了啊，我们走吧！"

许晨希抱住了发抖的遥遥："遥遥，你赶紧回去，通知老师、警察，还有医生，知道吗？不用担心，我没事的。"

"希希！"遥遥看着少女远走的背影叫道。

"快走，我们快走吧！"张瑞拉过了遥遥的胳膊。

林间的风带着特有凉薄感，让许晨希的思维意外清晰。

她俯下身，察看着新鲜的落叶、折断的树枝，还有落叶上沾染的鲜红色的血迹。

冷静，冷静，许晨希，冷静。

许晨希努力拼凑着脑海里的信息，一条暗色的线索宛如蛇一般游过了她的脑子。

为什么南方的自然保护区里会出现西伯利亚虎？

之前野兽伤人事件，几人重伤，还有一人是死于感染，也就是说虎的猎杀并不是为了果腹。

那件蓝色的衣服上都是泥土，没有血，但是有黄毛。

“遇到和自己不同的活物会恐惧，会排斥，当初狩猎的基因还沉睡在体内，一旦激发，对于我们而言就是灭顶之灾。”

许晨希想起了叶朔的话，忍不住颤抖了下，自己准得可怕的第六感又出现了。

那只老虎，可能并不是老虎。

她朝着不远处的林子里看了一眼。

07

狼犬趴在地上，大口大口地喘气。它的身上有多处伤痕，和之前的刀伤不同，这次的伤似乎伤及了它的内脏。

它努力挣扎了下，还是没爬起来。

对面的老虎诡异地笑着，喉咙发出了兴奋的“咕噜”声。

一道血色的抓痕笔直穿过它的右眼，血肉模糊中，眼球显得更为可怕。

它一步步地靠近地上的狼犬，锋利的爪子在地上带起了一捋又一捋的泥土。

忽然，它的鼻子抖动了下，迷醉般地转过头，似乎有什么东西滑下了山坡，带着让他欲罢不能的香味。

它看了一眼地上的狼犬，转身追逐。

狼犬闭上眼，努力呼吸。

突然，它睁开了眼睛。这味道，是她的！

少女轻轻地呼唤着它的名字，把外套脱了下来，垫在它的身下，抓起外套的袖子一路往前拖。

狼犬闻到了浓厚的血腥味，看到了少女手腕处的伤口汩汩地流着血，染红了绑住伤口的布条。

狼犬感受到了一阵撕裂般的疼痛，疼痛来源于她。

无论是少女颈间被汗湿的发丝，还是她瘦小却努力拖着自己的肩膀，都化作了耀眼的烈焰，在他的灵魂里灼烧。

许晨希察觉到背后的动静，连声安慰："你再坚持下，过了这个坡就好了，我怕它很快就折回来。我的血放得不够多，它追上矿泉水瓶就知道只是……"

许晨希猛然住了嘴。

前方，一只成年虎嘴里咬着血色的矿泉水瓶，眼睛死死地盯着少女，显然他知道自己受到了戏弄，甩头丢开了矿泉水瓶，眯起了眼睛。

很聪明，知道放血在瓶子里，再把瓶子划个口子丢下山坡。

比之前自己遇到的只懂蛮力的人聪明多了，可惜不过如此。

再见了，小姑娘。

狼犬使劲站了起来，站在了少女的面前，露出了尖利的牙。

许晨希一把抱过站立不稳的狼犬，把脸埋在了他的背上，她感受到对面的猛兽跳跃时带起的风，阴影在自己头上越落越大。

她想起了D伯爵的台词："野兽一旦尝过人类，就再也无法忘记人血的鲜美。"

嗷呜！

少女睁开眼，是一匹体形更大的灰色的狼咬住了老虎的脖子。老虎举起爪子的一刻，又一匹狼扑了上去，咬断了它的脚掌。

这是……狼群？

许晨希想努力站起来，却因为失血过多倒了下去。黑暗降临之前，她似乎看到了群狼中有个男人朝自己走来。

08

许晨希做了很长很长的梦。

梦里，她坐在阳台上，唱着歌，身边站着一头狼犬。

下一秒，一头西伯利亚虎扑了过来。

"希希。

"妈妈在这里啊，希希。"

看着几天来一直高烧说着胡话的女儿，妈妈心疼地握住了她的手。

病房外走廊挂着的电视上一直在播放度假村的新闻：警方正在调

查西伯利亚虎的来源和死因。

而透过电视侧边的窗，是住院部的另一栋楼。

楼里一个老奶奶戴上了眼镜又摘下，回头说："老头子，你过来看看，对面的楼上每天站着的是狼还是狗啊？"

许晨希睁开眼，是满眼的纯白，手边是累到趴着睡着了的妈妈。

少女苏醒的消息很快传了开来，一批又一批的探视者来到了这间小小的病房。

首先是一个温和的警察小姐姐，细致又严谨地做了记录，叮嘱少女好好休息。

然后是各位亲属，之后是校长、副校长，还有各科老师。

接着是一波又一波的同学。遥遥的眼睛哭得和核桃一样，喘气喘得好像受伤的人是她。

再之后，是各位熟悉或者不熟悉的邻居，甚至连物业的保安大叔都来了。

可是，他呢？

他为什么不来呢？

许晨希有些失望地看着门外，她看着给自己削苹果的爸爸，问："爸爸，当时是怎么发现我的呀？"

"你运气好啊，有人直接用气枪打了老虎。"

"气枪？不是狼群吗？"

"不是啊，你是被人送回来的。"爸爸切下了一块苹果喂到了女儿的嘴里。

“可是，我明明看到狼了……”

“希希，你受刺激了，没事，这段时间爸爸就不去地质院了，请假陪你。”

爸爸揉了揉女儿的脑袋。

“笃笃笃。”三声敲门声响起。

一个衣着体面的中年男人提着昂贵的水果花篮走了进来，许爸爸一看，立刻明白是来探视女儿的，起身迎接。

许爸爸问：“您是？”

许晨希觉得这位叔叔有些面熟。

男人笑着说：“我是叶朔的爸爸叶放，叶朔是你女儿的同学。”

“好好好，谢谢啊。”许爸爸把位置让了出来，“你坐，你坐，我给你去倒杯茶。”

“不麻烦了。”

“要的要的。”许爸爸拿着热水瓶便出了门。

“叶叔叔好。”许晨希有些尴尬。

“你不认识我了？我堵过你。”男人拿起削了一半的苹果继续削了起来。

许晨希睁大了眼睛，她想起来了，这个男人，是当初逼问郊区野兽袭击的男人！没戴眼镜都认不出来了！

“你，你……”许晨希有些语塞，只能强行转移话题。

“叶朔还好吗？”

男人笑着叹了口气：“好，没两天就活蹦乱跳了。”

“那，那就好。”许晨希似乎也放松下来。

该说什么呢？我知道你儿子不是人？你儿子不是人的事你知道吗？

气氛诡异尴尬。

倒是叶爸爸主动打破了沉默。

“叶朔是遗传的我。”

许晨希看着替自己掖被子、毫无障碍接触自己的男人，一脸惊讶。

“他现在能力不稳定，我能控制，不然怎么生的他。”

眨着眼的少女显然没理解叶爸爸的言下之意，问：“那你也可以变吗？”

男人点点头：“可以，不然你以为那些救你们的狼群怎么来的？”

原来那只狼是你！她就说呢！她明明看到狼了！还看到一个男人了！

许晨希捂住胸口，突然想到了什么：“叶叔叔，那个老虎是不是也……”

叶放有些惊讶少女居然知情，坦然说道：“是，也是变形人，但它已经不是人了，即便死了也是老虎的样子了。”

男人把削好的苹果放在了碗里，一根根地插上牙签，递了过来。

“变形人一旦变成野兽，就有了超乎常人的能力，这种能力让人沉醉，但如果过度沉迷，也会变得和野兽一样。我们这类生命好不容易拥有理智和情感，怎么能退化回野兽的样子呢？无论人类对我们做了什么，我们也是人啊。”

许晨希使劲点了点头，无意识地牵动了手上的伤口，她皱了下眉头。

男人有些好奇地看着突然渐渐消沉下去的少女：“怎么了？”

许晨希一点点缩回了被褥，抬起双手遮住了自己的眼睛。

“叶叔叔，叶朔不是已经好了吗？

“那他为什么不来看我呢？

“他还是那样讨厌人类吗？

“他……”

“他只是没脸见你罢了，别乱想。”叶放打断了少女毫无边际的猜测。

少女放下手臂，露出盈盈的眼睛，水汽让她的眼睛闪出了微光。男人在心里笑了下：这孩子，难怪啊，臭小子。

“是这样吗？”许晨希的语气有一丝不确定。

“不是这样，你以为是哪样？”男人对于小孩子的感情莫名有了好奇。

许晨希张了张嘴，有些犹豫，最后似乎下了什么决心般缓缓地说：“叶朔讨厌人，我也是人，我没听他话还是折回去了，我以为……

“我以为……

“我以为他讨厌我了。”

男人顿时呆住了，似乎听到了什么了不得的事。

片刻之后，病房里爆发出了地动山摇的笑声，笑得护士都担心地在门口张望。

叶爸爸擦了擦眼角的泪，平复了下呼吸，用尽量温柔的声调回答。

“不要说傻话了。

“你不知道吗？

“他很喜欢你啊。”

09

叶放打开车门，转动钥匙，拉下手刹，看了下反光镜里一直盯着自己的金瞳。

“我去看过她了，很勇敢的小姑娘，比你妈妈勇敢得多。”

狼犬的鼻子哼了一声。

叶放把车缓缓起步：“她很想见你呀，问我你这么久不去看他，是不是讨厌她了。”

后座上的动物果然起了反应，急急地把前爪按在了他肩膀上，呼吸急促。

“我都告诉她了，你当初跟着她上下学是为了保护她的事，你每天爬到医院楼上看着她的事，你……”

话立刻被狼犬露出的尖牙给截断了，叶放看了看儿子伸出的利爪。

“开玩笑的，这些我都没说。”

儿子的利爪又收回去了。

叶放紧接着补了句：“我只是告诉她，你很喜欢她。”

后座传来了重物跌落的声音，叶放看着座位下挣扎的儿子，吹起口哨：“你自己想，要这样去见她呢，还是乖乖跟我学控制力，再去见她。”

小子，跟我斗，你还嫩。

出院那天，万里无云。

许晨希伸了个懒腰，朝收拾好包裹的爸爸妈妈顽皮地做了个鬼脸，妈妈指了指背后，窗台上多出了一束花。

许晨希有些纳闷地走了过去，花上放着一张卡，打开卡，上面只有一个爪印。

少女兴奋地探出身体，看到一楼的水池边蹲着一个熟悉的身影，她使劲挥了挥手，地上的狼犬站了起来，朝她晃动了下前爪。

"妈妈,我可以去看下它吗?"

妈妈点了点头,看着女儿"蹭蹭蹭"地跑到楼下,蹲在狼犬的面前。

"你来了!"少女摸了摸它的头。

手上传来了温热的触感,狼犬低着头,舔着她手腕处长长的伤疤,接着趴在了地上,尖尖的耳朵都垂了下来。

许晨希抬起了它的头,把脸埋在了它的背上:"又不是你的错,而且拆完线早就不疼了,所以,不要露出那样的表情呀。"

10

每年的烟火大会之前,政府都会提前管制交通。

许晨希看着密密麻麻的人群,叹了口气,往年还能靠身体一路挤过去,现在……

"想去的话,要不去我家看,我家的窗户正对着烟花燃放点。"叶朔提议。

许晨希转过身,想起了叶朔住的高层建筑,连连点头。

正如叶朔所说的,全景的落地窗对着空旷的江面,等探照灯爬上了那边的塔尖,烟火就会绽放在夜色中。

许晨希的眼睛里倒映出了五光十色的夜空,好像是最华丽盛大的梦境,邀请她加入众神的晚宴。

许晨希拉开窗,走到了阳台上,风扑面而来。

一块大方巾从头落下,裹住了她的身体。

"我不冷。"

许晨希说。

“叶朔？”

“嗯。”

“怎么了？”

“之前你说的我听到了。”

“啊？”

“很高兴我长成了你喜欢的样子，但对不起，我没能长成你喜欢的性格。”

少女捕捉到了语气中难以描述的压抑，差点被掩盖在了烟火的绽放声中，她转过身，看到丝质的方巾透着光，滑过少年精致的五官。

许晨希摇摇头，望着少年轻轻笑了笑。满天的花火带着太阳的光芒，拥抱了无星的夜晚。

END

专属于你的
心情晴雨手账

糖

RECORDYOUR MOODS

你的小美好

Your little beauty

由你来书写

You write it

S U G A

跨时空男友

B O M B

姑娘，我掐指一算，

你命里缺我呀。

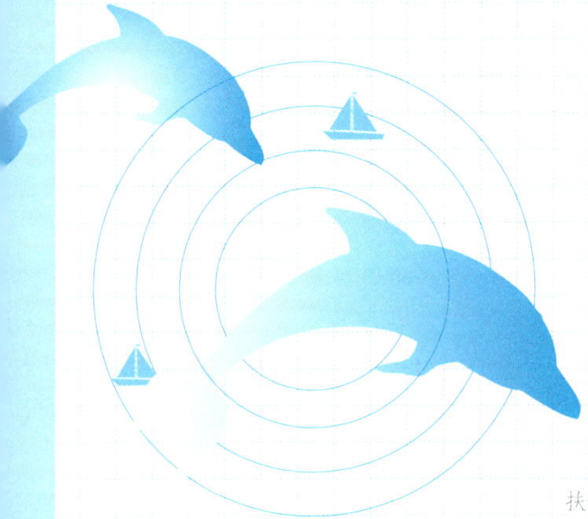

他的蛋

His Eggs

Text / 扶他柠檬茶

扶他柠檬茶：严肃的文字工作者，战略忽悠局重点成员。已出版《谁都不服就扶他》《云养汉》，更多趣闻关注微博 @ 扶他柠檬茶，包治百病。

01 一颗蛋

和你们聊几句我相亲的时候遇到的事吧。

那时候刚刚和 EX 分手，整个人情绪很差。我妈说，她有个老同学，想给我介绍对象。空窗期的时候人就特别迷糊，不知怎么我就答应了。

到了那天，咖啡店里一个四人座，坐着我妈、阿姨、我，还有我的相亲对象。起初没发现他就是那个对象，我以为是阿姨参加什么中老年活动买回去的健身球——很大的一个白色的蛋。

然后阿姨给我介绍了一下：“这是我家亲戚的一个孩子，和你年纪差不多……”

她指着那颗蛋。

我愣了几秒钟，拿手里的咖啡勺戳了戳它。

妈妈很惊讶：“小绪，快坐下，别给人家看笑话。”

阿姨笑了："没事，这有啥，我家这孩子是不太好找对象……"

"怎么会，你看，多好一个孩子，那么有礼貌，现在这样的男孩子不太多了。"

我实在忍不住，又站起来拿咖啡勺敲了敲它。没错，是一颗蛋，蛋壳，碳酸钙——

"哎呀小绪，你干什么！"我妈把我拦住。

"哈哈哈，没事儿，你看他们感情多好啊……"

就这样，这次相亲结束了。我妈回去一路上都在抱怨："哎，小绪，旧的不去，新的不来，你也不能总惦念旧的吧？"

我不惦记旧的，我也不能惦记着个蛋啊！

几天后，我妈和老朋友们出去旅游，要去海南玩半个月。我一个人在家打游戏，正打到关键时刻，门铃响了。

难道是妈妈忘记带东西了？

丢开手柄跑去玄关，我拉开门，外面的东西让我目瞪口呆——蛋！是那个蛋！

它出现在我家门口！而且，而且是立住的！亲舅姥爷啊，一颗立着的蛋！

蛋上面还贴着张便利贴："妈妈和阿姨们一起旅游了，怕你一个人寂寞，就让他来陪你了。要好好培养感情啊。"

是，是我妈妈的笔迹。

蛋左右微微摇晃，好像在和我打招呼。一颗蛋，居然在和我打招呼。

我把它关在门外，继续回去打游戏了。

外面下雨了。

做了顿简单的晚饭后，我往窗外望了一眼。雨幕昏暗，路灯下有个椭圆的落寞蛋影，在雨中颤抖。

有点没人性啊，自己。

就算是颗蛋，这样看着也挺可怜的……虽然不知道为什么要同情一颗蛋，但还是忍不住……

我撑着伞出门，走到它边上："算了，进来吧。"

蛋摇摇晃晃跟在我后面，挪回了家。

拿了条毛巾给它，它把布弄地上，自己在上面滚了起来，很快就滚干了。然后就跟着我，我走到哪儿它晃到哪儿。

我特别好奇蛋里面是什么，就拿手机照明灯往蛋壳里照。就像初中生物课观察鸡蛋一样，能看到里面有毛细血管和细微的动态。

……可是，看不到啊，似乎啥都没有……

是不是加点温度就能孵出来了？这样想着，我不禁跃跃欲试，去厨房烧一锅热水。

它凑在我边上摇啊摇，以为我在做好吃的。

"过一会儿就好了哦，别乱跑。"我微笑着哄它。

但当它见到我端着沸水走过去时，还是本能地感到了危险，飞快地滚到了房间的另一端。

"——别跑！让我看看你蛋壳里是什么！"

有生之年，我竟然在自己的家里追一颗蛋。它滚得飞快，我一时没留心脚下，赤脚踢在桌腿上。

顿时惨叫一声，痛得抱住脚乱跳。

它凑过来，小心翼翼挪近了，用蛋壳敷着我的脚，冰冰凉凉的很舒服。

……算了，过几天再吃炒蛋。

我打电话给闺蜜奈奈，告诉她，有一颗蛋搬进我家了。这混蛋在电话那头笑得腹肌抽筋："哈哈哈，哈哈哈，一颗蛋，哈哈哈，哈哈哈，是男生的，还是会跳的，哈哈哈，哈哈哈……"

交友不慎。

"反正你过来帮我看看啊！你不是学生物的嘛！"

"你还学设计的呢，怎么不帮我排版做论文啊！"

女人的感情就是塑料花，我彻悟了。

抬杠归抬杠，奈奈还是在下午来了。我开门的时候，蛋就立在玄关口，有点害羞地露出一半。

她抬头一看："哎？这是你男友？"

"……不是，它是颗蛋。"

"什么嘛，我还以为是胖得像颗蛋的意思，结果好帅啊。"奈奈围着它打了个转，"小绪，这位怎么称呼？"

"那个，它是蛋。奈奈，宝贝，你没发现，它是颗蛋吗……"

"别这样说嘛，你看小哥哥都快哭了。"奈奈拍拍蛋壳，做了个简单的自我介绍，"刚好晚上咱们一起出去吃饭，再看个电影吧，我这有代金卡。”

……这到底是怎么回事……

我呆滞地看着和蛋友好互动的闺蜜，大脑陷入放空状态——是我不正常？还是这个世界不正常？为什么只有我一个人觉得它是蛋？！

这颗蛋就跟着我和闺蜜出门了，走在马路上画面异常风骚，但全世界的人类仿佛突然接受了人蛋合一，全都神色平静。

吃饭的时候，我们点了三份套餐。严格来说是奈奈点了三份。我狐疑地看着蛋：“那个，它怎么吃啊……”

话音刚落，就见到椅子上的蛋整个压在餐盘上，几秒后重新立起来，菜没了。

原理是什么啊！这到底是什么生物？！

“三副 3D 眼镜。”服务员将眼镜给了我们，“出来后直接放在蓝色的框里……”

奈奈把它的那副眼镜给了我。我把它放在蛋的顶端。奈奈买的是恐怖片的票，看到中间紧张的部分，我感到旁边那个椭圆体正在往这边靠，瑟瑟发抖。

我的同情心发作了，抱着它拍了拍。它就这么缩在我怀里一直到落幕，蛋壳上都湿了，好像全身是汗。

其实我也被吓出一身冷汗，回去想泡个澡。它在客厅摇摇晃晃，把没洗的碗都顶在头上挪到水池里，等收完桌子，浴缸里的热水也放得差不多了。

“你要来一起洗澡吗？”我问它。

整个蛋原地转了个圈，看上去挺高兴的，蹦着进了浴室，跳进浴缸里。过一会儿我带着换洗衣物进去的时候，它整个都惊了，蛋壳“刷”地变成了淡红色。

“你要实在不好意思，就转过身别看啊。”我是无所谓啦，反正就是个蛋……

它原地转了半圈。一个问题被我发现了——怎么观察它的正反面啊？三百六十度整个都一样哎。

啊，不重要。

我心满意足泡了一会儿，忽然，粉色的蛋在水里晃了晃，横着浮上来了。

“怎么了？”我问。

它没反应。

完了，熟了！

我拿浴巾裹住自己，把它拖出浴缸。就算是个蛋，那也是别人家的蛋，就这么在我家浴缸里焐熟了，说不明白啊！妈妈现在应该和阿姨在一块儿，打她们电话吧……

结果我妈电话忙音，不知道在和谁煲电话粥。

只能打120了。

五分钟后，救护车停在了家门口，两个人进来查看蛋的情况。我语无伦次解释："它……它是一颗有生命的蛋……"

救护员瞥了我一眼，没理我，给蛋绑上血压器量血压："血压偏高。体温也偏高……"

"蛋有个什么血压啊！帮忙看一下它有没有熟啊！"

"患者的女友可能情绪不太稳定，来一个人帮忙处理一下。"

我就看着他们把蛋抬上担架，进了救护车。一个护士过来让我披上外套，跟着进了救护车。氧气面罩绑在蛋上，救护员问："怎么会晕倒的？"

"我们在泡澡，他好像熟了……"

"……没其他的了？比如饮酒，或者吸食……"

"没有！只是泡澡！"

最后送去医院，医生仔细看了一会儿，说只是泡澡时间过长引起的昏迷，补充盐水，休息一会儿就好了。

"医生，能不能给它拍个片？"

"你这是浪费医疗资源。"

"不！求求你，给它拍个片，让我看看它的构造！"

"姑娘，撒手！"

……

半夜，它的盐水吊完了，蛋壳上贴着块胶布，可怜巴巴地跟在我后面往家里走。我看着路边玻璃窗中一人一蛋的倒影，还是觉得极度魔幻。

不行，我要搞明白。

我在网上找了个预约上门画素描人物像的画手，第二天准时来了。

那时候蛋正在替我把洗完的衣服搬去阳台，画手背着画板包进来。

“画你男友？”他再次确认，“只画他？不画个双人的？”

“快画。”

“好好……”

他惋惜没法收双倍的钱，坐在沙发上对着蛋开始画。很快就画完了，画纸翻过来之后，我两眼一黑——

还是一颗蛋啊！

对于我的争辩，画手感到茫然：“这不是挺帅的？哪里像颗蛋了？”

“你再说一遍？再摸着良心说一遍？”

“你怎么和我一哥们一样，他上上个月也神经病一样说自己女友是颗蛋……”

什么？

画手翻了个白眼，准备离开这里。我喊住他：“等等，你那个哥们，能不能给我他的联系方式？”

02 两颗蛋

对方姓朱，年纪比我大一点，我叫他朱哥。

四十八小时后，我们在一家附近的港茶餐厅见了面。这是个穿着白衬衫、西装裤，外表一丝不苟的青年，看到那颗蛋的时候，朱哥怔了怔：“果然……”

从画师手里得到他的联系方式后，我们通过手机，把情报大致交流过了。他当时情况和我差不多，不过是两个月前。

“那你看看，这颗蛋是不是你那颗？”

“不是，我那颗比这颗小零点五厘米。”

“啊？”

“我是做测绘的。”他给我看了工作证。

作为两个大部分思路都正常的人类，朱哥开始也陷入了大脑空白的状态。他发现周围人都不认为那是颗蛋，影像也好，绘画也好，在其他人眼中的蛋就是个清秀甜美的女孩子。

“对对对！我这边情况也一样！”

“我当时的怀疑是，它们可能是外星生物，或者什么实验室跑出来的高科技产品，可以通过特殊的手段影响其他人类的脑反射——比如说，你的五感全都是脑来控制的，如果它被影响了，红色就会看成绿色，甜的就会变成苦味。所以那时候，我做了个很大胆的决定……”

“你把蛋壳敲碎了？”

“没有敲碎，只是用精密器具打了个孔。”他说，“在气室的地方……应该是气室，我通过光照确定的。从孔里望进去，里面是……”他皱着眉，显然那东西难以描述，“是‘什么都没有’。”

“不，这是什么意思？”

“就是这样的意思。”他从包里拿出一套银白的工具，“你想看的话，我在它身上打孔给你看……”

蛋吓得剧烈颤抖，拼命往我身后躲。

“算……算了吧！朱哥！”我谢绝了他的好意。虽然一颗蛋是够诡异的，但这货也没干啥坏事，将心比心的，打孔多疼啊，“对了，那你女友……”

“……不见了。”他把工具收好，“打完孔第二天早上起来，就发现它不见了。估计是走了。”

蛋走了之后，其他人没啥改变，之前把蛋叫作侄女介绍给朱哥的那位亲戚则说，侄女出国留学去了。不知道是不是蛋对记忆的操控。

……有点神奇啊。

我们告别后，我跟着蛋茫然逛着街。有家商店新开张，门口华服男女往来不断。

“喂，蛋蛋，”我说，“你能不能让那个西装男觉得我是他女友，让他把银行卡和密码都给我啊？”

蛋转了个身，应该是转身，180度，我勉强看清了。

好吧，善恶观挺正常的。

我拿眼线笔在它正面点了一点，做个标记。

之前因为失恋，所以请了年假，想好好休整一阵子。现在年假也差不多要过完了，该回去上班了。

说实话，真不想回去。

我是做设计的，在一家广告公司工作。公司小，待遇还行。

第一天重新上班，就看见那两个人，郎才女貌，勾肩搭背……

“啊，周绪君，你来上班了？”女的叫清清，人如其名，穿着白色长裙，好像从琼瑶爱情小说里面走出来的白莲花，口红色号只用豆沙裸色，“我们都还担心你呢，阿班超内疚的。不过你们是好聚好散，我一直劝他别太往心里去。”

她无辜地望着我。至于身后高个的马尾辫男人则转开眼神，没说什么。

——阿班，我前男友，兼我的组长。

在我跟项目忙到昏天黑地的时候，他和隔壁组的策划清清好上了。知道这件事的时候，我捂着太阳穴问他究竟怎么回事。阿班的回答是这样的，给你们看，“奇文共赏，疑义相与析”。

“我以为你没那么认真的，我是纯自由派，恋爱自由，随心所动……”

忽然，公司门口有个影子动了动。前台的妹子问：“帅哥找谁？”

一个蛋的影子。

我居然把它忘了！因为习惯了这货的存在，今早急着上班，根本没管它！

前台开了门：“哦，是绪姐的朋友啊……绪姐！有人找！”

我看到了，我不是瞎子，这颗蛋来我公司找我了！

清清愣了一下：“不愧是绪姐哎，这么快就找到新男友啦——阿班，我和你说的吧，这种女人不用担心的……”

说话间，蛋“骨碌骨碌”滚到了我们两方中间。它冲着阿班晃了晃。

阿班皱眉：“什么？我只是来看看她。

“我没有伤害她。

“这是我们公司，她是我同事，清清也是，我们来她工位上怎么了？”

……

我听不见蛋的声音，可是从阿班的回答，八成能猜测出这人听见些啥了。

“我不走。”谈话不太愉快，阿班的犟脾气犯了。这人平时挺好，可有些大男子主义，一旦自尊心被触犯了，就不会善罢甘休，“我怎么她了，你就冲过来，好像我做了什么见不得人——唔！”

话音未落，他被蛋迎面一撞，倒在地上。我和清清都吓呆了——妈哎，蛋打人了……

打蛋的叫打蛋器，打人的蛋叫什么……不！不是想这个的时候！

清清的尖叫引来了其他的同事，我拍了蛋一把：“快走！”

它就地向门口一滚，我跟着跑，在大家惊愕的眼神中逃出公司。阿班站起来了，就额头有点肿，这种程度的干架也引不来警察，但我担心男人血气方刚，要是真的人飞蛋打……

我们逃上了公司门口开来的公交车，绝尘而去。

空闲时间，车上很多空位。我们在两人位上……勉强算并肩坐下，蛋跟着车子摇摆，然后靠在我身上。

不知怎么的，我好像听见它想传达的声音了：“我以为你不要我了……”

“我就是早上急着上班。”我安抚它。

它动了动，直接躺在我大腿上。眼线笔的印子朝上，看来是正面。刚才它撞阿班的地方，蛋壳有非常细小的裂痕。但是蛋壳厚，应该只是表面的小伤口罢了。

“要不要紧？”我摸摸那儿。它左右轻微滚动，大概是摇头的意思。

旁边坐着个中学生，看着很老实的样子。我忽然心里有点悸动，就问它："我想知道你到底是什么。这样，你告诉那个孩子，让她告诉我，好吗？"

它重新立在座位上，把正面转向窗外。

不行吗……

我不禁低落。过了几秒，它靠在我肩上。

不重要啦。

重要的是，哪怕是颗蛋都那么可爱，会替我打抱不平，会替我做家务，安安静静地陪着我，早上还不会和我抢洗手间。

管它是什么呢。

一辈子陪着，也挺……

"吱——"

正神游间，司机一个急刹车；乘客都往前冲了一下，就听见身边有破碎声，十分突兀刺耳——我扭头一看，吓得灵魂出窍。

蛋磕在前面座位上，蛋清流出来了！

"师傅！师傅！能不能去医院停一下！"我急忙喊，"蛋壳破了！"

乘客用诡异的眼神看着这边。旁边的乘客窃窃私语："头撞破了哎……难道那里也撞破了？"

"那里是比较紧急啦，人家女朋友是心里着急的。"

"是啊是啊，一辈子的事儿啊……"

狗屁！我瞪了他们一眼："看什么看？没看过蛋摔碎吗？！"

最后司机把我们在靠近医院的地方放了下来，我扶着碎了蛋壳的它，匆忙前去医院。

“医生，蛋壳碎了，能拼起来吗？”

“患者的女友精神状态有点不稳定，来个人处理一下。”

03 三颗蛋

医生说只是头部撞伤了，皮外伤，不碍事。但保险起见，还是拍了个片。

我最期待的画面出现了！

画画可以影响外形，视觉可以影响人类。但是拍片不一样，从里到外看得清清楚楚啊！

就算是个蛋，也该有内容物吧？里面到底是什么？

半小时后，我去取片子。它跟着我，蛋壳上包着绷带。

一看片子，我蒙了。

就像朱哥说的，什么都没有。

我辞职了。

现在也习惯了家里多了颗蛋，有时候一觉醒来，它连早饭都帮我做好了，虽然不知道怎么做的。这段时间还是遵医嘱，每天定期换药。它疼的时候会缩一下，蛋壳上泛起薄薄的水光。

“等你伤好了，我们出去玩吧？”

它雀跃地上下跳动，我担心再把蛋壳敲破，抱住它制止了。

“去游乐园？有个创纪录的云霄飞车……不，不行。”我想象它玩过山车的场面，“万一飞出去……”

这时候，电视上在放海洋馆的广告。看到这个，它又兴奋起来。

“好，就去海洋馆。”我把绷带替它缠上，“我们周三……哎？”

撞裂的伤口外，有一片蛋壳掉了。

而且，裂缝似乎越来越大……

“要不要紧啊？”我问，“你，你要孵出来了吗？”

它转了几圈，然后再次定在电视前，强调海洋馆。行吧，既然它觉得去海洋馆重要，那就去吧。

我拿透明胶把裂缝加固了一下，确定了明天的行程。

那时候，我也想不到海洋馆里会遇到那种事。

起初，一切都好好的，但是我们去海洋展馆时，遇到了一个来做课外活动的学校。孩子们在整个展馆里挤来挤去，我们被挤散了。它一直往海星水池那边退，这是个互动池，没有护栏，是设计成能伸手触摸海星的设计。

结果，蛋被挤进了水里，我就听见很响的一声“扑通”，一颗蛋在水上沉浮。

“我的蛋落水了！”我焦急地找到管理员，“就是水面上那颗蛋！”

管理员茫然地看了我一眼：“你男友叫蛋？”

“不，就是那颗蛋……把它捞起来好吗？”

“小姐，水才到他的膝盖哦。”

“谁管那么多啊！”

我只好也跳下池子，池子很浅，无论对成年人还是孩子都没有威胁；但是蛋浮在水上，没了反应。

裂痕更大了！

我急忙带它赶回家。蛋的温度很高，不像平时那样烫手。透过那层半透明的膜，里面有什么红色的东西在隐约发光。但是我提到去医院的时候，它勉强摇了摇头，意思是不要。

“你……你不会有事吧？”我快哭了，“是应该放进冰箱吗？是我的错，蛋怎么可以不放进冰箱……”

越来越烫了。

我准备去买冰袋，让它好好休息。超市离家只有五分钟的路，我是用快跑来回的，只花了七分钟。

然而当我推开门的时候，夕阳透过落地窗照在沙发上，那里的景象完全出乎意料——

蛋壳破碎了，里面没有生物。能看到它的附近漂浮着半透明的羽毛，逐渐消失。

妈妈和阿姨旅游中途回来了，因为我坚称它出事了。而阿姨很困惑：“怎么会呢，那个孩子上周出国留学去了……”

果然，和朱哥那边一样，蛋出事之后，和它有着社会关系连接的人的记忆也会被修改。

我想要联系方式，阿姨很无奈：“其实是远亲的孩子，不太能打听到。”

我不知道它是什么。那些巨大的蛋壳在随后不久也与羽毛同样消逝，一切仿佛从未存在。

但是，手机里的合照证实了它来过。在我眼里，它还是蛋的样子。

也许它真的只是我失恋后做的一场梦。

——三个月后，有人以面试的名义约我出去，在一家咖啡店见面。

我看看卡里的钱，是花得差不多了，该重新找个工作了，就准时过去见面。等待我的是个西装革履的男人，可不知道为什么，他的身上有一种怪异的气质。

硬要说的话，就好像和活人的“画风不一样”。

看到我怪异的眼神，他也不再掩饰了：“很抱歉编造理由请你出来。我弟弟给你添麻烦了。”

“你弟弟是……”

“你应该没见过成年后的他。之前的他是这个样子的。”

男人在空中画了个圈。

“你弟弟……那颗蛋？”我一听，有点高兴，太好了，孵出来的果然是个人，还自带一个哥哥，“没想到你们是双黄蛋啊！”

他的嘴角抽动一下：“不，我们不是同一颗蛋生出来的。”

“那……你们是什么？”

我并不害怕，毕竟和那颗蛋在一起很久，留下的都是美好的回忆，除了被医院拉进黑名单。

男人思索片刻：“很难明确地说明，自古以来，人类根据年代与地区不同，对我们有非常多的称呼。比如天人、天使、混沌、雷震子……甚至盘古。”

但事实上，他说，他们只是一种生物。

“这是两个不同的次元世界。”他指着我们的两杯咖啡，“人类世界是A世界，而我们则在B世界，这样说，能明白吗？”

总之，不是这个世界的动物呗。我懂了。

“因为我们的能力特殊，所以，偶尔会有幼年体‘迷路’，进行世界穿行，流落到其他世界。当然，因为具有脑辐射能力，所以自保是没有问题的，一般在孵化后，就会自行回到故乡。”他叹了口气，“……于是在人间留下非常多的传说。”

“我有个特别在意的事。”我忍不住打断他——那就是，为什么周围人都被影响了，只有我还有朱哥能看到呢？

哥哥的回答是——血统。

“并不是纯种的人类。你们的祖上应该与我族有过通婚，毕竟有些族人喜欢生活在人类世界，变成人类的样子，一辈子都待在这里。他们的后人有极小概率会免疫脑辐射。”

“这样啊……现在他平安回去了？”

“是的。谢谢你的照顾，除了头部有点撞伤之外一切平安。”

“那，那他是双黄的吗？”

男人深吸了一口气：“我们一胎一个。”

真没意思。我撇撇嘴。

就这么招呼都不打地回去了啊……只托哥哥过来捎个话。

我耸耸肩：“总之，他没事就好。”

“但是，现在遇到一个问题。”他的语调严肃了起来，“关于我弟弟。”

“什么问题？”我一下子紧张起来。

“——他想回到人间。”

话音刚落，一个好看的青年走进了咖啡馆，棕色的鬈发，眼神清澈。然后，我们四目交接。

我确定是他。

因为他的脸上，有一道眼线笔的印子。

——和哥哥比起来，他完全就像个人类了，没有那种画风不同的怪异感。男人说，是因为幼体在人间长大的关系。他高高兴兴地走过来，步伐频率速度和蛋无比相似。

“你……你好……”

这是我们第一次正式见面，青年有些腼腆：“我叫……其实我还没想好自己人类的名字该叫什么……”

“没事，想好之前先叫阿蛋。”我安慰他，拿卸妆湿巾替他把那道眼线笔擦了，“干吗不自己擦掉啊？”

“我怕你认不出我啊。”

感到自己完全被忽视了，哥哥很识趣地站起身，直接往玻璃窗走去，穿过了玻璃，来到室外。

“放心吧，这一幕只有你们能看到。”声音在我的脑海中响起。阿蛋也微笑着对哥哥挥手道别。

然后，西装笔挺的男人背后出现巨大的纯白翅膀，向空中飞去。

就我们两人了。

“现在能去坐云霄飞车了吗？”他期待地看着我，“不会被打成蛋花了。”

我点头：“当然可以。”

“走？”

“要等我先找到工作，赚到钱。”我拍拍他的肩，“回家吧，路上，一起给你想个名字。”

我和我的蛋，开始了新的生活。

END

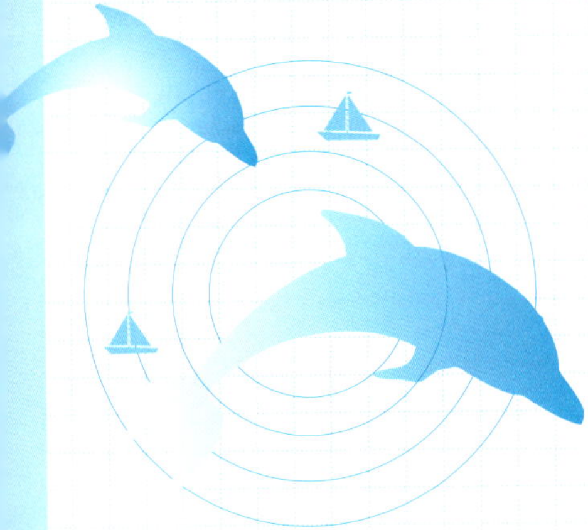

遇见一只妖

Met A Demon

Text / 叙白

叙白：养老院常住人口，滴滴打字团团长，缺点不少，优点不多。

01

从前有座山，山名虚途，别看这名字起得挺佛性，这山却一点都不佛性。

山里有个朝率寨，寨子里有个虎大王，修行千年，化为人形，在此作恶多年。

附近村民苦不堪言。

虎大王名为广白，生得是清雅俊逸，眉间一道朱砂痕，笑起来还有两颗虎牙，就像一个乖巧的富家少年。

可惜广白却不做这乖巧少年该做的事，偏要暗中给人找麻烦。

他平时也没什么事，闲得只好和其他山头的妖怪一起搓麻将，偶有小妖怪来报，山中哪里来了个路人，虎妖便一拂衣袖，转瞬间赶至山林——给那路人使绊子。

只要进了这山林，倒霉事是一件接着一件，没有最邪乎只有更邪乎。

路人吓得腿一抖，手一抽，忙不迭下山去了。

山头小妖怪们笑得直打滚。

如此玩耍了没两年，大家都知道这山有古怪，渐渐地就不来了。广白撑着下巴瘫在桌子上，感慨妖生之无聊。

又没过多久，又有零星几人上山来，原来是些和尚道士，听闻此山有古怪，前来捉他来了。虽然是有些修为的凡人，但是普通法术却困他不住，广白嘴一咧，笑了。

又有玩的了。

于是广白手一挥，来了个加强版连环倒霉迷魂阵，众和尚道士吓坏了，跌得是七荤八素，破口大骂，下山找帮手去了。

一拨又一拨的和尚道士来骚扰，广白全天坐镇，坐在山顶啃着个苹果戏耍众人，感慨妖生果真充满了惊喜。

如此玩耍了两三年，名声渐渐散了开去，又是无人敢来了。广白瘫在桌子上，又是感慨妖生果真充满了转折。

02

这日，广白如往常一样躺在树上晒太阳，刚懒洋洋地翻了个身，一只小妖怪“咚咚咚”闯上山来：“启禀大王，山下来了个凡人！”

“凡人？”广白翻身而起，挑眉笑道，“走，去看看。”

许久不曾有凡人到此，谁不知道这山里有妖怪？走也走不得，打也打不过，以至于广白无聊了许多年，如今竟出现了凡人，可见这人是个不曾来过的。

广白勾勾唇角，这下得给他点见面礼！

思量间，对方已经来到半山腰。一众小妖怪趴在各处，正仔细认真地观察着那个凡人。广白眼眸微眯，在山下扫了两眼，便看到一人背着一个大背篓，吃力地往上爬，可那背篓也太大了，压得那人犹如一只纤细的蝼蚁。

关键还是个姑娘。

这下可难办了。

小妖怪觉得甚是不妥，凑到广白身边，低声道："大王，欺负不？"

广白犹豫了，姑娘太弱，不好欺负啊，但又一瞅，啧，长得一般，遂答曰："欺负。"

小妖怪得了令，故技重施。

走得好好的小姑娘脚下忽然多出了一条绳索，竟将她一下子倒吊了起来！

她是个怕高的，吓得是魂飞魄散，登时号啕大哭了起来。

边哭边求饶："山……山里的大王爷爷……我，我上有六十老父正等我回家救命，您行行好放我下……下来吧……"

小姑娘哭得是抽抽噎噎的，广白叹了口气，这下欺负得过头了，妖怪们也局促不安起来，嘀嘀咕咕互相埋怨。

可广白却发现，这姑娘虽然还在抽泣，却已经没那么严重了，表情还略带疑惑与恐惧。广白也疑惑了，四处看了看，内心无语片刻。

原来是施法的小妖怪忘记设阵了！

"停，别吵了。"广白举起手，"那姑娘听见了。"

一众妖怪："……"

"不可能！我施了法的！"使绊子的小妖怪难以置信。

"你自己试试？"广白微微一笑。

"那个什么……我，我……"抽抽搭搭的声音传来，"我听见了……"

一众妖怪："……"

这下好了，不仅没得意，反而被凡人发现了踪迹。广白瞪了那小妖怪一眼，随即赶到大树边，抄着手望了望那小姑娘。

然而小姑娘紧紧闭着眼，瘪着嘴抽着气，根本不看他。

小姑娘："嗝。"

广白："……"

竟是都打哭嗝了，广白很想笑，可小姑娘的脸已经通红了，他忍了忍还是忍下了。

背篓倒在他的脚边，周围撒了一圈的草药，广白伸手将草药捡起，挑了挑眉："这是你的？"

"是。"小姑娘满脸通红，低声承认了，却又怕被对方认为是自己偷了东西，摆摆手激动地说，"我不是有意要闯您的地盘的，我真的是迫不得已……"说着说着竟然又哭了。

真是好哭，可面对他这个大妖，居然又毫不畏惧。广白瞧她可怜，将她先放了下来，问道："采药是要做什么？"

小姑娘说："给我爹治病。"

广白了然，笑道："那你可知，这山很恐怖的，万一你也回不去怎么办？"

"我不知道。"小姑娘道，"他们说九叶草只有这里有，也只有它能救我爹的病，我就来了。"

这草……广白可不曾听说过。

"他们说，这山里有个虎大王，霸占这草已经三十个年头了，没人敢来采。"小姑娘伸出三个手指头。

所以山下的人给他的人设竟然是霸道无理的妖怪？

广白将草都收拾了，这几十株草皆是九叶的，广白悠悠地道："这么多草，你知道哪株才是吗？"

"不太知道，他们说可以帮我分辨，所以我都采了。"

"啧啧，那完了，这里没有一株是的。"稍后，广白又补了一句，"而且我从未听说过这草。"

小姑娘蒙了，嘴瘪得更厉害了。

广白又说："你怕是被骗来了。"

"那怎么办啊，我爹是不是没救了？"小姑娘一句话说完，又止不住哭。

这世上有许多的黑心人，恐怕小姑娘遇见的就是这种人。凡是黑心人，多半有所图，广白不清楚他们图什么，但既然让她遇见了自己，也许可以帮上一帮。

刚好，自己在这山里过了许多年了，还从未出去过。

广白笑了笑，露出一颗虎牙："这样吧，为了赔罪，我帮你去看看病。"

03

小姑娘名叫秋枫，只因生在红枫满地时，便得了这个名字。她从遥远的皇城来，一走就是几个月，家里的病父托了乡亲照顾。

来时走了许久的路，回程时却只用了很短很短的时间。

广白将她欺负得太狠了，心里愧疚极了，只想好好帮她解决了问题，再回山去。路上询问了她家中情况，听完广白就沉默了。

离家三月有余，父亲重病，广白瞄了两眼因找到救命人而欢喜的秋枫，默默摇了摇头。

他很想告诉秋枫，你那父亲也许已经不在了。

但他不敢，怕这好哭佬听了又得嗽嗽。

皇城热闹至极，秋枫家却是在城外一处僻静乡野，周围除了山水，便是田地，他们走过许多田埂，到了一处木屋前。

只稍一眼，广白便知这屋子已经没人住了，恐怕秋枫走了多久这屋子就空了多久。

“别进去了。”广白停在门口，淡声道。

秋枫不解：“为何，都到家门口了？”

广白犹豫了一下，还是道：“里面没人。”

话音刚落，秋枫果真脸色瞬变，三两步闯进门去，入眼灰尘满地，俨然是间许久没人住的屋子。

秋枫眼泪瞬间又下来了，哭喊着跑了出去。

广白望了望天，果真让他猜对了，估计接下来更糟。

询问了许多邻居，每个人都支支吾吾不肯说，终是到了最后一家，也是面对这些问题时一字不提。

广白默默地走到旁边地里，捡了块石头，默默地……捏碎了。

村民惊了，倒豆子一般将所有事情抖了出来。

秋老头埋在三里外的树下，已经去世三个月了。

原来秋枫走的第三天，就来了一些富家人士，趁着秋老头病重动不得，强行令其在转让田产的契约上按了手印。秋老头一口气上不来，一命呜呼了。

这些人平时霸道惯了，乡亲们无人敢上前阻拦，只好在人走后，将秋老头下葬。

他们是让秋枫去采药的人。

如此看来不仅是要霸占这些田产，更想让秋枫葬身山野。

这下回山可以说是又得延后了，总不能让姑娘一个人在这哭哭啼啼个没完。

广白拍了拍哭得上气不接下气的秋枫，叹气道："别哭了，本来就不好看，再哭下去可怎么办？"

话音未落，秋枫哭得更凶了。

"我也不想哭……可我很难受，你看不出来吗……"

谁说的，我知道你很难受。

广白心想，却忽然愣住了，他抬手摸摸自己的胸口，一时默然。

明明知道她很悲伤，可是秋枫会哭会痛，自己为何毫无感觉？难道天地间最平凡的亲情他都感受不到？

也是，自己又不知有父母是何滋味。

可居然连同情都做不到？

广白难以置信。

"别哭。我帮你报仇。"广白突然说道。

04

四野死寂。

已打过三更，皇城之中灯火甚微，一大一小两个身影趴在高高的墙头上。

秋枫道："不好吧……"

广白："挺好的。"

秋枫："不了吧，有点残忍。"

广白："我是妖怪，残忍是我的代名词。"

秋枫："不不不，你是个好人。"

广白："是妖。"

秋枫："哦……还是不了吧，虽然他们逼死了我爹，可是……可是……"

秋枫挠了挠头，说不出那个词。

广白淡淡道："不想让他们偿命？"

秋枫点了点头。广白盯着她看了一会，眼前少女的双眸闪闪发亮，一如往昔，不曾有一丝怨恨。

"行吧。"广白答道，"我答应你，不杀他们。"

秋枫猛点头，随即拉了广白一起下了墙头。

"你随便惩罚一下他们就好。"

言罢，秋枫蹦蹦跳跳走向回客栈的路，身影也依旧轻快，如那双明眸一般。

广白垂眸，低声应了。

他也曾有过仇人，心怀怨恨，一杀了之，泄了满腔怒火，爽快至极。他实在不懂，这种杀父之仇，不应是世间最深的仇恨，难道不应让其偿命。他是这样想的，可秋枫断断续续哭了五天，失魂落魄了三天，忽然便不想报仇了。

广白越来越不懂她了。

家人离世，田地被夺，秋枫已是无处可去，整日望着窗外发呆。广白远远地看着，只觉得她在伤心，觉得这个看似轻快的姑娘其实也没那么轻松。

吃饭时，广白也曾问过她接下来打算怎么办，秋枫思考了半天，仍然不知。

广白只好陪着她，等她安排好一切，正所谓"送佛送到西，好妖做到底”嘛，反正他最不缺的便是时间。

为了给她调整心情，两人便每日在皇城中逛逛，偶尔偷偷溜到酷刑现场，常常能吓到胆小的秋枫，广白甚是满足。

果然还是欺负人最有趣。

虽然吓哭了很麻烦。

他也想好了，将秋枫安排好了就离开，可哪里有人会要一个柔弱的小姑娘。送进大户人家做丫头广白又不答应，这太委屈她了。

广白躺在床上翻了个身，如果实在安排不了，他就带秋枫回虚途山，反正山上有吃有玩，也算逍遥自在。

山上多个人也挺好的，那满山的小妖怪一个比一个丑，下不去眼，隔壁的白鹤虽然长得不错，可惜是个爷们。

阳气太重，阳气太重。

广白心里已盘算好，心情不错地睡了过去。

然而这日，广白一睁眼就发现秋枫不见了，好一番寻找，却在一间医馆里看见了她。

她正忙着给病人抓药，看起来手忙脚乱，却也没出岔子。

广白心情不错，这是找到去处了。

他刚想走进去看看，眼一瞥，瞥见了一白衣公子。

广白挑了挑眉。

再一看秋枫，眉角眼梢皆是笑意，那公子也温文尔雅，笑意浅浅。

扎眼，太扎眼了。

看来不是找到了去处，而是有了意中人！

而且这意中人，不正是前些日子他们在茶楼瞧见的那个少年。

好家伙，居然瞒着他了。

广白看看公子，又看看秋枫，再看看公子，还看看秋枫，猛然发现，原来秋枫也是一清秀的姑娘啊，只因那日长途跋涉，满脸灰土，显得不好看。

原来她也是个十六岁的姑娘了。

广白心一揪，觉得自己的白菜被拱了。

他扬扬衣袖，径直走进了医馆，一掀衣摆，在凳子上坐下了。

“看病。”

白衣公子稍敛笑意，带着很客气的微笑问道：“阁下哪里不舒服？”

“眼睛不舒服。”

“眼睛？”公子抬了抬广白的眼皮，又把了把脉，迟疑道，“阁下一切正常，我未曾看出有病。”

“我眼睛疼。”

“疼？”公子又抬了抬广白的眼皮，愣是没看出毛病。

正待又询问，秋枫过来了，看到广白，欣喜地凑到他身边。

“你怎么来啦？”

太过分了，她说话这么开心的。

广白正待说话，那边公子抢道：“你父亲？”

广白：“……”

“不是不是。”秋枫连连摆手，“是我朋友，很好的人。”

广白：“……”

“原来是枫儿的朋友，幸会幸会。”公子施了一礼。

广白挑了挑眉，也道：“幸会。”

罢了又觉得少了点什么，笑道：“一早起来没见到枫儿，我便找来了，看看她做得如何。你们且不用管我，先忙吧。”

说罢自己寻摸到后院，磨磨蹭蹭找了一摇椅，将它摆在店门阳光处，

S U G A R

面向那白衣的公子，面带微笑地躺了上去。

“这是监视我，还是？”白衣公子摇了摇头，好笑地看向秋枫，忽的一怔，因为他看见秋枫的脸很明显地红了。

白衣公子也瞬间懂了，手背抵着嘴，忍笑忍得难受。

“我想广白是误会了……”

言罢秋枫逃也一样跑进后院，收药材去了。

她是实在没想到，竟被误会了！

明明只是想找个活儿做，不想拖累他罢了。

广白心情不太好，觉得太阳也扎眼了些。晃了晃摇椅，忽然想起了些什么。

广白偏了偏头，轻轻地吹了口气，那气夹裹着升起的朝阳，遥遥地向西边流去。

05

刘员外家着了大火，那场火在黑夜中，将三里长街映得通红，一如傍晚时分满布天际的红霞。

无人知那火是从哪里来的，也不知是谁下的手，只是第二天一早起来，偌大的一个刘府已然变成了一座废墟。

家中财物、房屋燃烧殆尽，可除此之外也没有其他的损失。

更离奇的是如此大的一场火，家仆竟无一伤亡，独独是那刘员外，被掉下的房梁压断了一条腿。

一时间满城风雨，官老爷调查了好一阵子，仍是一无所获。

只知道在一个多月前，刘员外逼死了城外的一个村民，村民女儿也不知所踪。没过多久，大火忽至，独独断了刘员外一条腿。

国师掐指一算，捋了把长须，只道此乃因果报应。

朝臣们提心吊胆，惴惴不安了好些日子。

秋枫撑着下巴暗暗惆怅，这的确是因果报应，可惜不是上天降罚，而是虎妖作祟。

医馆少有不忙时，等到秋枫清闲下来时，才想起已是很久未见广白了。最初他会躺在摇椅上晒太阳，像一只懒洋洋的大猫，慢慢地会出城去，直到日落方才回医馆接她。他本是山中大妖，呼吸间便可到千里之外，秋枫偶尔会想，他出城去会做些什么。

想来想去，也不明了，也许会像在虚途山时，逗逗那些路人。

傍晚时，秋枫来到一处小院，这院子是广白买下给她安身的。父亲在世时，她过得很辛苦；父亲离世了，她反而过得很好了。而这一切，都得益于广白。

一个千年虎妖，无所不能的广白。

可广白总会离去，而不是一直陪伴自己。

算一算广白来到皇城，也已过了两月有余了。

"广白，在屋里吗？"

秋枫敲了敲他房间的门，等了片刻，也未见有人开门，心中沉了一下，慌忙将门一把推开了。

漫天红霞下，广白斜斜地靠在窗户旁，正抬头遥遥望向东方。

听见开门声，广白转过头来，一双金色的眸子望向她，却满眼阴影，仿佛幽幽沉寂多年的深潭之水。

秋枫忽然觉得难以呼吸。

广白却咧嘴一笑，露出一颗虎牙，仿佛方才那沉郁的神情不曾存在过。

广白伸手招了招："快来，看窗外。"

秋枫听罢走到窗边，一抬首，竟有一棵同红霞一样颜色的枫树映入眼中。

红霞似火，枫树也似火。秋枫也被惊艳到了，忍不住问道："广白，你是从哪里弄来的枫树？"

"城外有个老伯种了一片枫林，我费了好大力气才弄来。"广白颇有些得意。

"你不会是偷的吧？"秋枫怀疑地看了他一眼。

广白笑了："我买的，那老伯不肯卖，说枫林是他妻子留下的，我死缠烂打说了好久，他才肯卖一棵给我。"

秋枫想起前些日子，他每日出城许久才回，忍不住笑了起来，原来竟是做这种事去了。

可现在不是枫叶红透的季节，这未免也红得太过分了。

秋枫："可现在才六月，这棵怎么红得这么厉害？"

广白又得意起来，手指不住地敲窗木，说道："我施了法，它的时间比现在要快得多。"

秋枫想夸他聪明，一转头看向窗外，却发现那枫树居然在急速落叶。

"广白！"秋枫指了指窗外，乐不可支，"它落叶了！"

"啊！"

广白惊了。

枫叶落尽，广白方停了法术，整个人都蔫蔫的。

夜已至，两人站在窗口不再说话，直至月上中天。今夜是十五，月圆无缺，银辉洒落，更有细细凉风吹入屋中。

广白想起，来了皇城这么许久还有一个地方不曾去过，此时正是十五，月色甚好，当即便来了兴趣。

广白眨了眨眼："走，带你去个地方。"

06

皇城。

皇宫。

秋枫只觉一阵夜风过耳，再睁眼已在宫墙旁。

秋枫悄悄地往外走了两步，一眼便看见了守卫，两个守卫打着瞌睡，想睡又不敢睡的样子实在滑稽。

"你胆子越来越大了，居然敢来皇宫了。"秋枫打量了广白一眼。

广白挑了挑眉："我胆子不是一向很大吗？"

说罢广白便抄着手，抬脚往宫门走去，秋枫一急，一把拉住了他，悄声道："等等等等，还有守卫呢。"

"没事。我们光明正大走进去。"广白拉了她的袖子，大摇大摆地走了进去。

秋枫还在提心吊胆，走到一半便发现，那守卫完全没有发现他们，正杵着根枪发呆，再一看，月光映照的石砖上，也不曾有两条影子。

秋枫恍然大悟："你不是说光明正大地进来吗，怎么隐身？"

"是光明正大啊。"广白唇角微弯，"这不是走的正门嘛。"

这番歪理，秋枫竟发现自己根本无法反驳。

一路走过御花园与各座宫殿，最后上了一座宫殿的屋顶，广白从袖中拿出不知从哪里顺来的酒，在屋顶稳稳地倒了两杯。

秋枫义正词严地拒绝了喝酒："我还小，不会。"

"小？你都十六岁了。"广白也不强迫她，两口将杯中酒饮尽。

许久不曾和广白这样出来逛，秋枫一时心情很好。广白不是个多话的妖，只一杯一杯地迎着月光喝酒。妖或许不会醉，但秋枫还是觉得哪里不太正常。

秋枫想找他搭话，便问了刘员外的事，广白一笑，比了根手指道："头一次去医馆那天，我就小小地放了一把火。"

秋枫："你那把火，可是把什么都烧了。

广白耸耸肩："你说的，小小地惩罚他一下，我就小小地放了把火。"

这下是把责任推在她身上了，秋枫用手撑着下巴，悠悠地道："这世上坏人很多，我碰上了可能算是我倒霉吧，但我不想多一个人倒霉，所以才没让你帮我报仇。

"也许是命中注定吧，至少让我遇上了你，所以我现在依然还好好地活着。"

秋枫又道："所以这世上还是好人多，比如你。"

广白一怔，又喝了口酒，耳根微微发红："比之以前爱哭的那个秋枫，你可真是成熟太多了。还有，我是妖。"

"对对，是妖。"

"是，是妖。"一道沧桑沙哑的声音传上屋顶，广白脸色一变，长身而起，那声音却又气急败坏地道，"所以你们两个什么时候从我屋顶上下来？不要以为我年纪大打不过你。"

广白走近屋檐，向下一望，只见下面站着一个老头，气得吹胡子瞪眼的："两个人嘀嘀咕咕还没完了，要调情走远点啊，我还要看书的啊小伙子。"

"没，没有调情！"秋枫一听不对劲，支支吾吾地反驳，也不管下面是谁了。

"喊。"老头又翻了个白眼，"你说没就没？快点走开走开。"

广白脸色依旧不好，他分明施了隐身术，这人却能一眼看穿，如此看来，此人修为不低。广白用温和的语气应道："老前辈别气，我们这就走了。"转身拉着秋枫就下了屋顶。

那老头盯着他的背影，捋了把长胡子，缓缓地道："年轻人不要急躁，该到的迟早会到，不该你做的尽量少做。小心惹祸上身。"

广白脚步一顿，闭了闭眼，再回头时，那人已消失在月色中，而屋内灯火通明。

"那人是谁？"秋枫也回头望着。

"应该是国师他老人家吧。"广白应道。

"那个说因果报应的？"

"对对。"广白笑着摸了摸秋枫的长发，"枫儿长大了，变聪明喽。"

07

广白回了虚途山。

次日踏着晨雾而返，到山底时，衣袍上的雾气还未散去。

去也瞬息间，来也瞬息间，却仿佛已过了百年。

若不是山里小妖怪问那小姑娘的事处理得如何了，广白甚至怀疑自己并未去过皇城。广白现了眉间朱砂痕，边走边给小妖怪讲故事。

将逼死秋老头的简短事件扩写了七七四十九回，讲上了三天三夜。

妖怪们大呼过瘾，大王此去不亏！

人间可太复杂啦，奇奇怪怪的感情，奇奇怪怪的痛楚，奇奇怪怪的人心。

广白一颗心揪得生疼，仿佛有千斤重，闷得他难以呼吸，难受至极。

广白不禁感叹，还是虚途山好，虽说阳气重了点。

隔壁的白鹤听说他回来了，抽空来拜访了他。说是抽空，其实白鹤每天都有空，只是沉迷于打麻将，打了半月麻将才来拜访。

白鹤长得白净又柔弱，像一个书生。

白鹤喝了口茶，心情不错地问道："听说广白兄救了个女子？"

"赢了？这么高兴啊。"广白应道。

"还好，赢了几件小玩物。"白鹤又喝了口茶，"听说因为愧疚又给她安家？"

广白："……"

不愧是白鹤，转移话题失败。

白鹤还是喝了口茶："你不会爱上那女子了吧？两个多月没回来了。"

广白："谁嘴这么碎？"

"那就是承认喽？我猜的。"白鹤依依不饶，"其实大家都知道啦，你就别掖着了。"

广白歪倒在椅子上，觉得甚是丢人，含糊地反驳："没有。我早就忘了她了。"

"报告大王——"

小妖怪"哒哒哒哒"闯了进来，广白一看不好，连忙挥了挥手，想让他退下，这时白鹤悠悠地道："哎呀，让他说嘛，有什么见不得人的。"

广白："……"

还真是有。广白头都大了。

白鹤："说吧，小旋风。"

那小旋风得了白鹤的令，禀道："报告大王！在皇城的燕子回来了！"

广白一把捂住了脸，丢人，太丢人了。

白鹤眯眯眼："哦？广白兄不是说，已经忘了嘛，怎么还监视人家啊。"

那小旋风又道："燕子还说，看见那白衣公子成亲了！"

白鹤啧了一声："惨哟！"

啊。广白的心好痛，他头一次感觉到妖的人生如此艰难。

也是头一次想狠狠打白鹤一顿。

白鹤又道："广白兄，抢婚啊，我帮你砸轿子。"

白鹤激动极了，广白低垂眼眸，苦笑："算了吧，人妖有别，几十年而已，很快就过去了。"

被拒绝了，白鹤又很失落："没想到一个虎大王，居然胆子如此之小。"

胆子小吗？广白深深地沉思了起来，得出了结论：还行，没那姑娘胆小，至少没哭。

08

虚途山中，叶落又生，反反复复已过了三个春秋。

这三年中竟无人来过山里，广白又被白鹤拉去打麻将，心不在焉，输了许多东西。

广白无聊地趴在桌子上，将一个白瓷杯翻来覆去地把玩了许久，这时一个小妖怪跑了进来，单膝下跪，朗声道："报告大王！山下来了个凡人！"

凡人！

广白瞬间眼睛雪亮，一拂衣袖化作烟云消失不见。

白鹤啧啧道："为情所困的男人真可怕。"

一语毕，也站了起来。

“我也看看去。”

山中来了个凡人，可惜不是女人，而是个年轻的道人。

广白只看了一眼，眉眼便毫无神采了。

“给你们了，打发下山。”广白挥了挥手，转身离去。

“等一等。”那小道人突然发声了。

广白脚步一顿，回头望去。

那小道人挥了把拂尘，问：“你可是广白？听说你作恶多端，霸占这山已经三十个年头了，随我改邪归正吧。”

广白笑了，这年头什么人都想来找他的麻烦了，连个小道人也想收了他。

广白走了回来，边走边道：“你师承哪位仙人？”

“贫道是玄净道人门下弟子。师父遣我来拿你。”那道人一板一眼地回了。

“哦。”广白道，“既然你是玄净道人门下，以你师父那通天的本事，你应该也了解我。我且问你，我害过人吗？”

“不曾。”那小道人感觉到了棘手，“就是爱玩了些。”

“那就行了啊，我不曾害人，是好妖，你且回去吧。”广白理直气壮，说罢头也不回地走上山去。

那小道人没料到竟被如此反驳，又气又急，说话都带了颤音：“等等，你再考虑一下啊！跟我没坏处的！”

然而广白假装听不见，上了山去。只有那白鹤倚在树旁，这时啧啧叹道：“惨哟！这只老虎很难弄的，你放弃吧。哎，你看我怎样，我不介意随你去。”

小道人瞥了一眼白鹤，一脸嫌弃：“不要。师父说白鹤不老实。”

白鹤很生气，明明虎妖更不老实。

广白回了寨子，刚进门，小妖怪又跑来了。

老实说，广白已经不想看到这个小妖怪了。

小妖怪：“报告大王！燕子回来了！”

“嗯。”广白声音低沉，“说了什么？”

“燕子说，秋枫姑娘去了！”

广白到医馆时，只剩白衣公子在落泪。

他平生对自己的“一步千里之术”最感到骄傲，现在却再也难以自傲了。

他会一步千里，会救垂死之人，可燕子不会。

白衣公子医人半生，可医不了秋枫。

询问后才知，秋枫是一早就去了，躺在床上没了气息。

白衣公子说，她从去年冬天开始身子就极弱，怎么补都补不好，直至今日，悄无声息地去了。

记得当初，秋枫虽然满面灰土，可眼睛还是亮的，面庞还是软的，虽然爱哭，声音还是清亮的。

如今躺在床上，了无生气，眼神灰败，再也说不出话，身体薄弱得犹如那时摇摇落下的枯败枫叶。

广白头一次想要落泪，可不管再怎么心痛，也落不下一滴。

他只能这样站着，像个毫无感情的木头人。

恍惚间，广白忽然想起了一件事。

小道人还在山下坐着，白鹤不依不饶，小道人被唠叨得差点崩溃。

这时广白忽然从山下来了，失魂落魄，眼神暗淡。

“听说你们道家是会起死回生之术的？”

“是，是啊。”这虎妖眼神太吓人了，小道人勉强对视。

广白得到了回应，又道：“我跟你去，你帮我救一个人。”

小道人精神一振，白鹤也身躯一震。

09

小道人的洞府在极南之地，说是洞府，还真是洞府。

一间朴素的小庙建在了山崖里，周围云雾袅袅，山顶上有棵老松，活了几百年了，山顶上花花草草好不热闹。

山下青竹遍地、流水潺潺，也可说是风景秀丽。

可山崖里什么都没有，只有外面一团云雾，当真寡淡无聊至极。

广白躺在老松下啃苹果，想着小道人会不会无聊。

将山中小妖托付给了白鹤，广白就随小道人来了这里。说是收服，然而广白在此依旧吃吃喝喝、玩玩闹闹，没有任何阻碍。

广白不知道收他来干吗，偶尔问起小道人，小道人便一脸委屈。

“我也不知道啊。师父让我做的。”

广白啃完一个苹果，又要伸手去摘，这时一转眼，忽见一片绯红夹在青绿之中，仔细看去，竟是几棵枫树叶红如火。

广白望了望自己手中的苹果，淡然一笑，原来已是秋季，枫叶也红了。

这次不是用法术催的，是真的红了。

虽然只有几棵，可却红得扎眼，似那年皇城中的大火，似那小院中转瞬即逝的枫树。

他想，也许那人出生时，也是这般红吧。

所以才得了如此名字——秋枫。

广白忽然觉得自己脸上有湿意，抬手探去，竟是满指清泪。

走时未曾落过哪怕一滴泪，如今隔了许多日子，泪竟悄然而至。

广白觉得嗓子哽得难受，很想大哭一场，可望着眼前的小道人他绝不能哭。

“那个……”小道人有些不好意思，“天上新来了位神仙，师父让我带你一起去道喜。”

广白毫无兴趣，冷淡地道：“哦。”

10

天上和小庙外一样，也是云雾袅袅、仙气飘飘的，唯一的不同便是天上比较富丽堂皇。

一座座神殿焕发着金光，晃得广白很难受。

新来的神仙叫红河，据说在天上很受欢迎，几乎所有此时在天上的神仙都来道喜了。

广白刚踏入红河殿，便看见一个极其熟悉的身影，白胡子白头发，正在教训一个小辈。

广白一把拉住了身边的小道人，指着那老头问道：“那人是谁？”

“那是我师父啊。”小道人道，“我师父，玄净道人，你没见过他？”

“见是见过。”然而却不知他就是玄净道人！

那在殿中教训小辈的老头，正是那夜的国师！

广白恍然大悟，虽说猜到了这人不平凡，可没猜到居然如此不平凡。

随着小道人进了殿中，玄净道人也看到了他，伸手搂上了他的肩："小伙子，又见面了，真巧。"

周围的神仙见玄净道人搂着个妖怪，纷纷凑了过来，好奇不已，嘀嘀咕咕，像极了他那一群小妖。

"不巧。"广白掰开他的手，"你算计我。"

玄净道人满脸震惊，仿佛心很痛："我在帮你啊。"

"帮我什么？"广白问。

玄净道人又捋了把胡子："你害了刘员外，虽说他是罪有应得，可还轮不到你来降罚，我让小缘儿收了你，可是在帮你免灾。"

广白挑了挑眉，想起了他那晚说的话。

"为什么，我们很熟？"

"哎，不熟不熟，我看你顺眼，帮你一把。"玄净道人甚是满意自己的做法。

广白默然，神仙真的好随意啊。

这时殿内忽然闹哄哄了起来，大家一起往殿外挤，挤得广白差点歪倒，拽了把玄净道人的衣袍才站稳。

这一拽将玄净道人拽了进来，他一抬首，恰好看见了殿外那一抹绯红。

衣红似火，青丝飘扬，眼角眉梢满是笑意。

少了做凡人时的青涩羞怯，多了做仙人的神采与不凡。

正是秋枫！

或者说是红河仙人！

她就这样缓缓走入了殿中，脚步轻快，神采飞扬，犹如那山顶正盛的红枫。

广白一时竟不知这是秋枫还是红河，亦或者说，二者就是同一人？

红河入了殿中，拱了拱手，笑道："今日红河返回天宫，多谢各位仙家到此迎接！"

众位神仙一一还礼，广白仿若不知，只愣愣地看着红河。

红河走到玄净道人身边，施了一礼："玄净道人，近来可好？"

"哎呀，老人家好得很。"玄净道人捋了把胡子，"就是有个人不太好啊。"

"哦？是这位背对着我不肯看我的人……啊，不对，妖吗？"红河笑意盈盈，拍了拍广白的肩膀。

广白僵硬转身，面对红河那张笑意盈盈的脸，一时竟不知如何叫她。

是秋枫？

还是红河仙人？

"广白。"红河仙人轻轻地道，"近来可好？"

11

广白："你到底有没有去救秋枫？"

小道人："她已历尽凡劫，重返天宫，我怎么救啊？！"

广白："那就是你骗我来喽？"

"你自愿的啊……"小道人道，"而且悄悄告诉你，秋枫没和那白衣公子成亲，你的小妖怪报告错啦。"

广白："……"

END

S U G A R

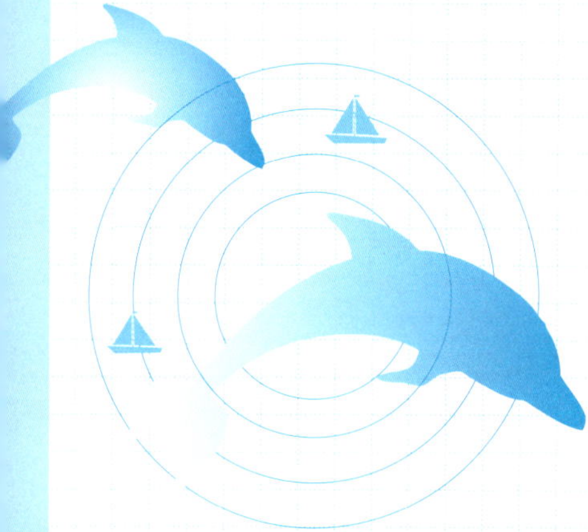

河神的新娘

Achelous's Bride

Text / 喵咪戴戒指

喵咪戴戒指：暖萌脑洞段子型选手，少女人设号称永垂不朽。公号【小火炖牛腩】，微博@小火炖牛腩，作品《奇怪的江湖》系列。

01

春寒料峭，七叶抖抖索索地抱着木盆去河边洗衣裳。

刚下过雨，天空仍有些阴霾，湿漉漉的风裹着青草味儿，追在七叶身后跑。

“太冷了啊。”七叶咕哝了一句，抱紧了怀里的木盆。

从前七叶喜欢抱着阿娘，阿娘过世之后，七叶也没改掉这习惯，有什么便抱什么。没了阿娘，家里的锅碗瓢盆全都成了她的依靠。

不远处来了一群孩童，蹦蹦跳跳地绕着七叶跑。一边跑，一边挤眉弄眼地唱着歌谣：

小妖怪，脸煞白。

耳朵尖尖像根柴。

十六七岁没人睬。

丑八怪，丑八怪。

唱完便是一阵哄笑。

七叶也笑，说："今日天冷，你们穿得这么单薄，还是早些回家吧，不然……我就吃了你们。"

"小妖怪说要吃了我们呢，你们怕不怕？"

为首的小孩嬉笑着上前掀翻了七叶手里的盆，其余小孩拍掌笑道："不怕不怕！"

衣裳落在泥泞里，木盆"骨碌碌"地滚到了河边。

七叶蹲下来拣衣裳，一件，两件，三件……视野里突然出现了一双黑色的靴子。

七叶顺着靴子往上看，紫色回云纹的袍子，金丝镶边的腰带，小巧精致的玉坠，然后是一张年少清俊但怒气冲冲的脸以及同她一样尖至头顶的耳朵。

"你是猪吗？就这几个小破孩也能欺负到你？！"

河水翻腾出巨浪，把木盆冲到了七叶脚边，顺便拍了小孩子们一身水，少年和七叶却滴水未沾。

小孩们一个个哀号着回家找娘去了，剩下一脸茫然的七叶对着怒气未消的少年。

"你是谁？"

02

"我是平羌，"少年气鼓鼓地说，"谁都不能欺负我看上的小姑娘。"

七叶有点蒙，前后左右四顾了一番，发现这方圆五里只有她一个姑娘。这就有点尴尬了，她顿时小脸红到了耳后，尖尖的耳朵，白里透着晶莹的血色，像是将要熟的樱桃。

平羌看着心头一热，忙避开了视线，弯腰捡起木盆，示意七叶把衣裳都装进来，七叶呆呆地照做了。

“还洗么？”

“嗯。”

方才拣衣裳之时，七叶的鞋子和裙角都染上了泥泞。原本七叶就穿得朴素，此刻看上去更是可怜巴巴。平羌皱了皱眉头，一手抱着盆，一手拎起七叶，说：“不洗了，我们回家。”

“啊？”七叶挣扎，“可是……”

平羌不耐烦地打断：“几件破衣裳有什么好可是的，我给你买新的。”

“不是不是，你误会了，”七叶急得脸又涨红了几分，不是前半句有问题，是后半句啊，“我的家是我和阿娘的家，并非……”

“并非什么？”平羌的声音抬高了几分，河水又开始翻腾。

……并非你的家。

“哗哗哗”的水声惹得七叶心颤，七叶胆怯了，嗓音细如蚊蚋，言语几乎闷在了口里。

平羌弯起唇角，轻哼一声，胆小鬼！

03

七叶带平羌回了家。

平羌坐在桌子旁，修长的手指有一下没一下地叩着桌面，神情严肃。

“关门。”平羌说。

“啊？”七叶犹犹豫豫，“不好吧。”

平羌抬眼看了下七叶，微微扬眉："你不冷么？"

寒风从门外窜进来，七叶打了个激灵，说："不……不冷。"

平羌冷笑一声，随后手一抬，门"吱呀"一声自己关了。

七叶目瞪口呆。

"你怎么如此无用，"平羌审视着七叶，指责道，"这么大个人，居然任凭小孩欺负？"

七叶被他这么冷不丁地一问，一时之间不知该如何作答。偏偏平羌迫人的目光一直追着七叶，七叶觉得脸上都快被灼出窟窿了。

"不是，不是这样的。"七叶慢慢地对上了平羌的视线，"我愿意他们这样欺负我，不然……"七叶又愧赧地低下头，喃喃道，"不然这里就没人跟我说话了。

"村子里的人都不跟我说话。

"他们说，我的耳朵长这样，是妖怪。"

七叶耳朵耷拉着，声音沮丧。

平羌都要气炸了，也不知道是气七叶呢，还是气那帮愚蠢的凡人，只觉得有一股邪火在身体里乱窜，于是五指愤然成拳，砸向桌面。

"不许再理那帮小孩，以后我同你说话，听见了么？"话音刚落，桌子散了。

七叶胆战心惊，咽了咽口水道："可是……"。

平羌炸毛了："你又可是什么？你怎么这么多可是？"

"你你你……如此凶蛮，"七叶也急了，"我还是愿意同他们……说话。"说完，她心虚地闪到了墙角。

平羌腾地站起来，指着七叶，怒道："你别不识好歹！"

"想我堂堂一个……"平羌正考虑要不要现在就表明身份吓唬吓唬她呢，却见七叶低头绞着衣角，一副委委屈屈的样子站在角落，心一下子就软了，"……大不了，大不了我日后说话温柔些，这样总行了吧。"

七叶抬头，眼里水气氤氲。

好想阿娘啊，阿娘一直都是温温柔柔的，不会像眼前这人一般喜怒无常，更不会像村里人那样说她是妖怪，阿娘说尖尖的耳朵只是一个小毛病，等攒够了钱就能去找大夫医治了。

七叶越想越觉得委屈，泪珠子"哗哗"地往下掉。

平羌慌了手脚："你你你……又怎么了？"

七叶抽抽搭搭地说："你……能给我抱抱么？"

"啊？"平羌心尖莫名一颤，像是有人用鸡毛掸子迅速在上面拂了一下。

"算了，"七叶一抹眼泪，钻进厨房，"我还是先挣钱吧。"

厨房里立即响起"乒哩乓啷"的动静。

"……你给我回来！"

平羌气得牙痒痒，想来自己幼时还是肤浅，看见水灵灵的小姑娘就着急慌忙做了标记，哪知她长大后脾性竟是如此。可标记都标记了，退也退不得，只能从长计议了。

所以平羌走的时候，心里几乎是崩溃的。

04

这些天，平羌隔三岔五便来找七叶，打算先从思想上对她进行潜移默化的渗透。

“喂，你平时听故事吗？”

七叶摇摇头：“从前听阿娘说，后来就不听了，听说书是要钱的。”

“听我说不要钱。”平羌笑得像个大尾巴狼。

七叶瞪着忽闪忽闪的大眼睛看平羌，认真地说：“我阿娘说天底下没有不劳而获的事情。”

“……”平羌的笑僵在了脸上，于是他决定强行讲。

“从前有个很厉害的河神，他选了一个很听话的新娘，二人琴瑟合鸣，布云施雨，恩泽天下。”

“布云施雨，不是龙王做的事么？”

“……不许插话！”

“噢。”

“从前还有个很厉害的河神，他选了一个很听话的新娘，二人恩恩爱爱，降服众多妖魔鬼怪，护得一方水域平安。有一次……”

这几日天气好起来了，午后的阳光照在身上暖暖的。平羌的声音带着少年气，洋洋盈耳，七叶听着听着眼睛就眯了起来，紧接着脑袋“嘭”的一声磕到了桌子上。

嗯，桌子是新桌子，平羌昨日扛来的。

七叶撞醒了，脑袋顶着个红印，迷迷糊糊地问平羌：“说到哪儿了？”

平羌攥紧拳头，忍住了再次把桌子打烂的冲动。

“不说了！”

平羌带着一肚子气走了，把门摔得哐当响，七叶心疼地扶门查看，而后望着平羌的背影低语了一句。

“可你的声音很好听哎。”

05

这日傍晚，七叶在厨房里做馒头。

揉好面粉，摆好蒸笼，在一片雾气中，七叶看见平羌抱着手臂倚在门口。

“你来啦？”七叶挺高兴的，虽然平羌这个人又自大，又傲娇，又暴力，但其实人不坏。而且他的耳朵也有毛病，七叶觉得自己和他是难兄难弟，“你今日来得有些晚了。”

“嗯。”平羌漫不经心地应了一声，眼神却是满屋子地乱瞟，嘴唇微张，又合上，微张，又合上。

“你是不是有什么话要说？”

平羌从来没见过做馒头，心里好奇，可又惦着自己高冷的人设不能崩，只是淡淡回了一句：“没有。”

七叶又问：“那你可是渴了？”

平羌回：“不渴。”

七叶：“噢。”

灶膛里的木柴“噼里啪啦”地烧着，七叶认真地盯着笼屉，不再说话。

平羌终于忍不住，冷哼一声，指了指灶面上：“你这些都是什么破玩意啊？”

七叶顿时来了精神，回眸看向平羌，眼睛在雾气中闪闪发亮，像是晨曦里的小星星。

“这是面粉，面粉是小麦做的。小麦秋种冬长，春秀夏实，具四时中和之气，是五谷之贵呢。”

“这是擀面杖，我自己做的，磨了我好些时日。

“这是笼屉，笼屉是从前阿娘买的，用了许久都不曾坏。

“我用这些可以做白面馒头，特别软，特别香。

“……”

七叶叽叽喳喳地说了许久，天色慢慢暗了下来，馒头也出笼了。

七叶一边装馒头一边问平羌：“你是不是要回自己的家了？”

平羌见七叶拿着馒头装来装去也不拿一个给他，心里气恼得很，凶巴巴地问：“你这些馒头做了要干什么？”

“卖啊，”七叶答，“傍晚做好馒头，到后半夜起来，拿去邻近的镇子上卖。”

“那我今日不走了，”平羌伸了个懒腰，往房里走去，“我先睡一觉，一会起来和你一道去卖馒头。”

“啊？可是……”七叶嘴巴张得老大，余下的抗议被平羌回头的一个眼神逼进了肚子里。

06

夜半，七叶挑上两筐馒头准备出门，正犹豫着要不要喊平羌，肩上突然一轻。

平羌大咧咧地挑着担子走在前头，回头冲七叶吼：“还不赶紧带路！”

七叶浅笑着上前：“来了，来了。”然后往平羌的头上扣了个斗笠。

从村里走到镇子上，天差不多蒙蒙亮。

镇上有个酒家很心善，不管七叶做多少馒头，都会通通收下。七叶很感激，她每回都是戴着斗笠去的，不敢以真面目示人，对方却愿意相信她。阿娘说过，人与人之间，相互信任是很不容易的。比如明明她早已说了上千次自己不是妖怪，可村里的人就是不相信她。

酒家正开门，年轻的老板迎上来，笑眯眯地同七叶打招呼。

“小姑娘，早上好哇。”

七叶挺直了小身板，甜甜地回：“老板早上好！”

平羌站在七叶身后，头上的斗笠让他觉得很不爽，堂堂一个河神，用得着遮遮掩掩的吗？年轻的老板让他觉得更不爽，这家伙眼睛往哪儿看呢？总盯着他家七叶做什么。最让他觉得不爽的，是七叶。之前还可怜兮兮地说什么没人同她说话，原来稍微走上半夜就有人了啊，而且她同他说话可从来没这么甜过。

“哼！”平羌把箩筐重重地摔在地上，怒刷存在感。

老板这才注意到今日是两人前来，便调笑道：“小姑娘可是有了伴？”

七叶瞬间脸红了，忙辩解道：“不是不是，他就来一回。”

不出意外，平羌又被七叶气到了，解释个什么劲啊，还想在外面招蜂引蝶呢？作为被本河神标记的姑娘，怎么一点自觉性都没有。

“呀，”平羌故意抬了一下手，打掉了七叶头上的斗笠，“抱歉，抱歉。”

“啊！”老板看到七叶的耳朵，吓得瘫倒在地，尚算英俊的脸上满是惊恐。

七叶忙过去扶，老板连连后退：“妖怪，走开，走开。”

平羌一脸得意。

07

回到家，七叶望着两筐馒头愁眉不展，平羌啃着果子优哉游哉。

“那个老板一看就不是什么好人。

“那么大一个酒家，需要老板出来跟你买馒头么？

“看他说话的那个语气噢，简直老不正经。

“还有啊……”

“你闭嘴！”七叶忍无可忍，浑身颤抖着，“你知道我问了多少酒家，才有这么一家愿意买我做的馒头吗？

“你知道我有多不想被人叫作妖怪吗？

“你知道我要卖多少馒头才能攒到治耳朵的钱吗？

“你什么都不知道……”七叶说着说着哭了起来，“现在好了，连这两筐馒头都卖不出去了。”

平羌最见不得七叶哭，七叶一哭吧，他的心就揪得厉害，好像七叶的眼泪全都是从他的心上挤出来的水。

“那个什么……不就两筐馒头么，我都买了！”

七叶抹了把泪，抬眼看平羌：“你买这么多馒头做什么？”

“我……”平羌收敛了心神，从容道，“我爱吃啊，而且我吃得又多。”

七叶狐疑地打量平羌：“是吗？”

“是啊。”平羌伸手拿出一个馒头往嘴里塞，三下五除二地吞下一个，又拿起另一个，“你这馒头啊，做得真不错。”

七叶泪中带笑点了点头，随即转身进了厨房。平羌刚放下馒头，松了口气，就见七叶端了壶茶水过来，声音特别温柔。

“就着水吃吧，别噎着了。”

据河里的蚌精们后来回忆，说是有一天河神大人外出回来之后，连着吐了半个时辰，并且放话出来，以后他的身边，十步之内，不要出现馒头这种东西。妖怪们一度以为馒头是什么厉害的法器，纷纷拿着馒头防身，当然这都是后话了。

08

平羌原本想着，就这样慢慢培养培养感情，等到七叶满十八了就带她走。可没想到，他这天来找七叶，却发现七叶不见了。

平羌前前后后找了一圈，心一寸比一寸焦。突然一拍脑袋，想起自己曾偷偷在她身上种过定位符，忙静下心来念咒定位。

七叶被绑在村口的大槐树上，发簪乱七八糟地在头上插着。小脸通红，正在与一群人激烈地说着什么。平羌一见便心疼得不行，怒火"噌噌噌"地往上冒，手一翻，狂风大作，人群都被吹得踉跄。

平羌跃至七叶身旁，解开了绳子，把她护在身后。风很大，七叶瘦弱的身子在风里晃荡，平羌抓住七叶的两只手，放在自己的腰间。七叶会意，抱紧了平羌。

"大家快看，又来了一个妖怪。"

"不用问了，一定是他们抓走了我们的孩子。"

"对对，那日我儿被淋湿了回来，说的便是有一男一女的妖怪作祟！"

"不用怕，我们上！"

众人像是疯了，拿着锄头、烧火棍、斧头、鱼叉，全往平羌身上招呼。平羌带着七叶一跃而起，蹿到了树顶，同时挥手止住了风。

"一群蠢货！"

七叶撑着身子，呆望着平羌因为发怒而紧绷的侧脸，月牙般的耳朵也红通通的，好像在发烫。她恍惚间想起那日河边突如其来的巨浪以及家里自动关上的门。

“你……你真的是妖怪？”七叶小心翼翼地开口。

平羌面色一沉，转头看七叶：“你觉得呢？”

七叶不自觉地哆嗦了一把，又迷迷糊糊地将脸贴在平羌的背上，双手也抱紧了些，然后说：“我不知道，但就算你是妖怪，你也是好的妖怪。”

平羌轻哼一声：“我是河神。”

这时候，远处慌慌张张地跑来了一个人，是村里的教书先生。他挥着一张纸，大声喊着：“搞错了搞错了，是孩子们淘气，逃学去镇子上玩了，在学堂留了一封信呢，你们看看。”

众人围了上去，半晌面带愧色地散了，留下教书先生在树下又跳又喊：“姑娘，对不住啊！”

09

七叶“扑哧”一声笑出来：“你看他，像不像个猴子啊？”

平羌翻白眼：“差点命就丢了，还有心思笑。”

七叶仰头问：“你真的是河神啊？”

“不信？“平羌眉毛一挑，”你是不是从七岁开始耳朵才变样的？那是我做的标记。”

七叶大喜：“你做的？那你可以帮我变回原样么？”

平羌气脱了相：“本河神辛辛苦苦在你身上做了标记，你现在要变回原样？你到底知不知道标记的意思，你是我选中的新娘啊，笨蛋！”

新娘？七叶又害羞又委屈，有一瞬间想要义正词严地质问平羌为何要在她身上做标记，害她平白被孤立了好些年，可看着平羌的脸，出口的责备莫名变得嗔怪："可是你做标记的时候，都没有问过我愿不愿意。"

平羌闻言愣了一下，片刻之后才迟疑地开口："你不愿意？"

七叶眨眨眼睛，说："你现在问一下吧。"

"不问。"

"问一下吧。"

"不问。"

"那我走了。"

"我们在树顶上，你往哪儿走？"

七叶"哼"了一声就要往树下跳，平羌拦腰抱住七叶，干咳了两声才认真地问："……那么七叶，你愿不愿意成为河神的新娘？"

七叶抓着平羌的手指，郑重地点点头："我愿意的。"

10

虽然七叶同意做河神的新娘了，但平羌怀疑七叶压根不知道河神是个多么厉害的神仙，因为她总是问一些愚蠢的问题，比如——

"我上次掉了一把木梳在河里，你捡到没？"

"我是河神，不是捡垃圾的！"

"噢，那梳子我很喜欢呢。"

七叶沉默了一会，又不死心地问："你没听过樵夫与河神的故事吗？从前我阿娘给我讲过，说是樵夫不小心掉了一把铁斧子在河里，河神拿了金斧子和银斧子上来问是不是他掉的。这个河神不仅捡到了樵夫的斧子，还送了人另外两把斧子呢。你怎么就捡不到呢？"

“我说了，我不是捡垃圾的！”

那日天上电闪雷鸣，河水翻腾打滚，人们大概不会知道，这是怒火中烧的河神在给他的新娘演示职业技能，以纠正她对于河神的愚蠢认知。

毕竟，自己选的新娘，哭着也要过下去。

END

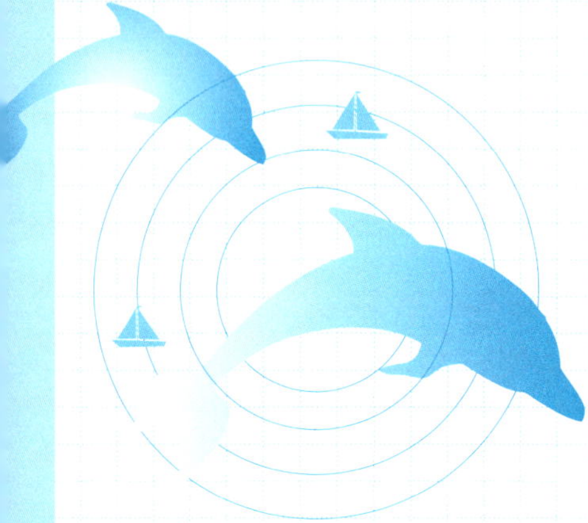

青梅

Green Plum

Text / 杜桐七

杜桐七：这是一只来自福尔维亚水域的河豚精，擅长挖坑不填。

01

小姑娘出生时下了场大雨，家门口那棵梅子树被雷劈了一道口子。后来小姑娘长大了，听的话多了，老觉得是这树给她挡了劫，就日日殷勤浇水。

邻居家的老爷爷摸着她的脑袋和她说封建迷信要不得，小姑娘眨巴着眼睛不听。

实际上她就是想吃梅子了。

梅子树每年都开花，但就是不结果。小姑娘馋嘴，想吃，就更加殷勤了。

邻居家的老爷爷知道真相后无语凝噎。

5岁时，小姑娘被幼儿园里的孩子欺负，衣袖下是青青紫紫的掐痕。老师不信父母不管，一向安然慈祥的邻居爷爷领着小姑娘把对方的父母骂了个狗血淋头。

回头爷爷和小姑娘说，别怕，他会一直帮她。

8岁时，孩子们懵懵懂懂的，男孩子喜欢女孩子就是拽头发。小姑娘脑袋后的马尾出门时漂亮极了，回来就乱糟糟的。

小姑娘抽抽搭搭，邻居爷爷自作主张给她剪了短发，也挺好看。小姑娘还是哭，怕爸妈骂。爷爷给她一把梅子，小姑娘吃一口，甜滋滋的，也就不哭了。

10岁那年，小姑娘皮得很，头一回发现门口梅子树开花后枝叶间有小颗小颗的青果，爬上树要摘了吃，结果不慎摔了下来，折了一只手。

小姑娘住院的时候，邻居爷爷挎着个小布包，打着补丁的布包里头是青涩的梅果。小姑娘吃了，酸得龇牙咧嘴，"哇"的一声要吐，想想还是咽了下去。

爷爷叹气："傻孩子，酸可以不吃。"

小姑娘酸得眼泪都挂在眼角了，脸上是灿烂的笑："毕竟是爷爷的一番好心。"

爷爷愣了愣，也笑了："傻姑娘。"

11岁那天生日，父母不在家，小姑娘一个人回家害怕。

身后有细碎的脚步声隐藏在夏日的蝉鸣中，有沉重的呼吸消融在草木与落日里。

小姑娘11岁，照理来说不小了，可爸妈不说学校不教，她真觉得小时候哄她的那套说法是真的，以为自己是那个雨夜爸妈从门口梅子树下发现的弃婴。

实际是不是，她不知道，目前也不重要。

后来还是邻居爷爷出现在巷子口来接她了。小姑娘扑到爷爷怀里，没发现爷爷往常佝偻的脊背在余晖下笔直挺拔，目光炯炯逼退了黑暗。

爷爷摸着小姑娘的脑袋，语气温柔："不要怕，我在这儿。"

生日后没多久邻居爷爷去了。他一个人住在这里，没听说有什么亲朋好友的，邻里几个凑份子把他葬了。

小姑娘作为他最喜欢的后辈捧着黑白照，离家十几步后忽然一回头，阳光洒金，十分晃眼，她似乎看到了梅子树开花。

大朵大朵，蕴有梅香。

再后来岁月匆匆，小姑娘 28 岁时晕倒在路边，一个年轻的小伙子把她背到医院里检查。

小姑娘看着面前 16 岁的高中生，男生眉眼疏朗，身上有淡淡清香，让人想到夏季。小姑娘谢谢他，高中生抿嘴笑笑，眼角眉梢挂上温柔，离开前给她几颗梅子。

小姑娘看着梅子心里一动。没多久她回老家，遇到个算命先生，图着好玩新奇，坐下让他给自己算了算。

先生掐指，实话实说，直言小姑娘命不好，缺木，补木最好还是梅子树。

小姑娘一笑，想到了没拆迁前老家门口那棵梅子树。

先生又说："小姐之前有前世积下的福分，得了东西庇佑，只可惜后来没了。小姐之后的运途略有波折，待 35 岁之后就好了。此后一帆风顺、金玉满堂。”

小姑娘给了几张红票子，谢过算命先生的吉言。

31 岁时，小姑娘回大学参加校友会，在生态园的梅子树下见到个熟悉的人。

当年还有些青涩的高中生如今抽条不少，眉眼愈发清朗，气质柔和有如霁月，还是他先认出了小姑娘来。

后来就莫名的，这孩子缠在了小姑娘身边。小姑娘年龄不小，处过几个对象，但都没有结婚的打算，一心扑在事业上。现在遇到个年轻男生围绕自己打转，也想着不过是孩子一时的兴趣，没多久也就散了，因而对他的邀约，能回绝的都认真回绝了，不能轻易拒绝的也不在他身边长时间逗留。

小姑娘在害怕，害怕什么她也不知道。

虽然她现在是大姑娘了，是上市公司副总，但骨子里还是那个又皮又娇的小姑娘。

又是一年，小姑娘调去国外总公司工作。男生来机场送她，眼眶微红，可怜兮兮的，让小姑娘不要急着嫁人，再等等，他很快就会过去的。

小姑娘叹气：“傻孩子，你还小，世界还很大，不要执着于我。”

男生勾着她的指头：“我 20 岁了，满法定婚龄了，不小了。”

小姑娘心里动了动。这什么意思她当然明白。

男生仿若一只失去主人的大型犬：“再等等，再等等，你 35 岁前我一定娶你。”

小姑娘心想，何必呢。

她拍拍男生的肩膀，口吻就像一个长辈：“好好学习，时间会磨平一切的。"

没想到到了国外的第二年，小姑娘就在私人邮箱里发现了一封邮件。

里头还有个截图，是小姑娘公司附近常春藤学校的 offer。落款是男生的名字——长清。

小姑娘恍恍惚惚地呆了会儿，忽然就笑了，心里定了一定，暖融融的。

男生如今也是个能独当一面的男人了。他来国外读书，顺便追妻。

他的穷追不舍让小姑娘无奈，最后还是点头同意了。

这年小姑娘 33 岁，男生 21 岁。

他们差十二岁，但是没关系。

男生求婚那天说："马克龙娶了比他大 24 岁的玛格丽特，你只比我大 12 岁，又有什么关系呢？"

他们结婚的时候小姑娘已经 35 岁了，正好是当年算命先生说过的命途顺遂的开始。

清风拂过阳光，拂过眉眼，最后悠然落在心间。

母亲故事讲到一半就在阳光下睡着了。

虽然这个故事我听过好几遍，但还是忍不住缠着母亲让她再说一遍。

父亲拎着一袋梅子回来，招呼我吃梅子。

他说："妈妈的故事还有个版本，你想听吗？"

我吃着甜滋滋的梅子点头。

02

一年,苏地一户姓梅的商贾家里头,正房夫人生了个五行缺木的小姑娘,于是家里人便种了棵梅子树。

一来保佑梅家繁盛;二来赐福给梅小姐;三来若小姐出嫁,也可取梅树作收嫁妆的箱子。

正房夫人喜好吃斋念佛,连带着梅小姐也喜爱上了那丝缕的佛香檀味。每逢吉日,夫人便带着梅小姐去邻近的寺庙上香,捐一两枚香油钱,以保福佑求安泰。

梅小姐10岁那年天下大旱,朝廷依旧收着各式杂税,百姓苦不堪言。后来附近灾情严重,因着夫人心善,梅家设了粥铺施粥。梅小姐被勒令不许往外跑,便跟在夫人身边待在佛堂祈祷。

一日夫人带着梅小姐去寺里上香,梅小姐看着寺中萎靡不振的树,取了水囊一棵棵浇过去,倒也不觉辛苦。

方丈见状,念了声佛:"阿弥陀佛,小姐心善。"

夫人唇边的笑容有些苦涩:"我儿命短,只盼着这样能让菩萨怜她,迟些再让她走。"

方丈:"种如是因,收如是果。一切随缘,不可捉摸。"

夫人微微摇头,没有多说。

寺中有精怪,梅小姐一直是知道的。

5岁那年,曾有日大雨滂沱寸步难行,她与夫人留宿寺中。夜半风大,小姐浅眠被风过叶声惊醒,披了一件外衣出了卧房。

外头风雨暂歇,一弯浅月自灰云后半遮半掩露出。梅小姐站在门口,鼻尖有淡而熟悉的香味，是梅香。

供香客留宿的禅房后有一片果林，梅小姐也是知道的。

此时此刻，那棵不知树龄几许的梅树下有一抹浅淡的背影，似是随时能散在风里，融入枝叶间。闻声，那身影转过来，眉眼疏朗，像是霁月清辉。

梅小姐没见过这样好看的人，不禁屏住了呼吸。

“你是何人？”那人动唇，清冷声音自有一种熨帖的暖意抚平人心。

梅小姐讷讷地：“我是梅家的小女儿。”

那人唇角弯了弯：“那倒是有缘，在下是棵梅树。”

梅小姐摇摇头：“你明明是人。”

“傻孩子。”微风拂过，那人近了梅小姐的身，手指纤细，掌心是枚青梅，“眼见并非全实，小娘子下回可要记住了。”

梅小姐还是贪吃的年纪，见到青梅便不住咽口水。那人将青梅喂到她的嘴边，梅小姐一口下去，酸到心里，小脸皱成一团，眼睛也眯了起来。

梅香中藏了那人捉弄的轻笑，梅小姐再睁眼，眼前已经悄然无物。

梅小姐摸着梅树的树干，一只手浇着水。难为这棵大树在旱年还能如此青翠，可梅小姐摸不准，一股脑浇了不少水。

“傻姑娘。”待梅小姐转身，梅香萦在鼻间，多年未见的人影再现，“你救不了这所有的树。”

梅小姐回身，那人影还是清浅得很，像是能化在日头下。他摇了摇头：“小娘子心善是好事，只是徒劳无功了。”

梅小姐懵懂地看着他：“我只知道母亲教我的，尽己所能帮助他人。如今这树枯了，我也不过给予它们所需的水罢了。”

“傻姑娘，天下苍生，但凡有所求，你还能一个个救了不成？”那人拂了拂袖，笑容轻巧，“有我在此处，寺里的树不会有大碍，劳小娘子费心了。这水，还是予以需要的人罢。”

梅小姐咬咬嘴唇，跑了。

那人看着梅小姐离去的身影，摇摇头笑了笑。方丈自阴影后转出，语气平淡：“果真是梅小姐。”

那人奇道：“原是不该叫娘子了？”

方丈：“阿弥陀佛。距阁下生精魄时百年了，人世沧桑。”

那人不语。

百年前此地原也是有个寺庙，曾有个贵家娘子栽了梅树在此处以求庇佑。那梅树经久聆听着吟诵伴着佛香，得了佛缘，一夕化了精魄。只是精怪幼小，常年眠于树内，若非天下动荡不得醒。

如今也已过去百年了。

梅妖百年来一直盘踞在此地，一是本体不便移动，二是懒。再者无论何时，寺庙总是不容易消失的。只是这寺随着年岁也凋敝了不少。

梅妖难得再见当年那位贵家娘子，心中不免起了波澜。

栽种之恩当以福佑，更何况还有滴水之恩。梅妖想着虽然百年已过但恩情仍是要报答的，因而便想着给予梅小姐几个心愿。

梅小姐待在家中吃药，一回头忽然发现窗外立了个人，眉清目秀，笑容优雅。梅小姐一惊，待乳娘走了，跳下凳子，扒着窗户，小心翼翼道：“你怎么来了？”

她似是担心梅妖不能被人发现，小脸皱成一团。梅妖淡淡一笑：“在下乃是小姐的教书先生，姓梅，名澍，字长清，小姐唤在下梅先生便是了。”

梅小姐目瞪口呆。她挠挠脸："妖怪是可以离开本体的？"

梅妖："小姐还是传奇异志看得少，妖怪自然是可以离开本体的。"

梅小姐伸手碰了碰他的衣袖，犹犹豫豫的："当真是教书先生？"

"不尽然。在小姐出嫁前，在下可许给小姐三个心愿，以报小姐之恩。"梅妖拱手作揖。

"我现在许了一个可好？"梅小姐小声说，"我不想生病难受了，药苦得很。"

梅小姐生下来时受了凉，自此身体一直不大好。但此乃天命，梅妖不可违也不敢违，只在梅小姐平日吃药时立在一旁，手里捏着几粒酸甜的梅干。

小姐 12 岁时身体终于差不多好了，但还是习惯每日吃梅干。她嚼着，含糊不清："我觉着我被诓骗了，还是喝了许多难喝的药。"

梅妖："小姐可还有难受的时候？"

梅小姐认真想了想，老实摇头。梅妖便不再多言了。往年每逢换季时小姐病发，躺在床上昏沉时梅妖就在一旁隐了身形，替她受着那些苦楚。

只是梅妖不说，梅小姐故作不知。

又是寒来暑往，梅小姐年龄到了可以许人家之时。父母替梅小姐挑了几家儿郎，梅小姐便让梅妖出门替自己打探那些儿郎。

梅妖归来，说张家的公子个高皮白，面上有须。

梅小姐说不喜欢有须的，显老。

梅妖说王家的公子个矮了些，听说脾气不好。

梅小姐连连摆手。

梅妖又说李家的小郎君长得好，方圆里有许多姑娘都心仪。

梅小姐直言这样的男人花心，不妥当。

梅妖还说了赵家的公子，生得高大，皮肤略黑，不过秉性纯良，是个好人。

梅小姐叹了口气。

梅小姐轻声说："这些我都不想要。"

梅妖抿唇微笑，心里没来由有几分紧张："那小姐想要如何？"

梅小姐絮絮叨叨："长得高的皮肤白净的，面上无须，好看得紧，却不是许多小姐都心仪着的人。脾气也要好，但又不至于像个木头似的……"语毕她故作恍然，"我说的这些倒与先生有几分相像。"

梅妖心里漏跳了一拍。他垂眼，嘴角微抿："小姐莫要说笑了。"

梅小姐回头和父亲说了，老爷摆手："同姓不婚。"

梅小姐一愣。

心中苦涩如潮生，淹得她喘不过气来。

最后定下了赵家的公子。

梅小姐不再见梅妖，梅妖知她心意，可也只能装作不懂。

人妖殊途，天命难违。

说到底，不过是梅妖胆怯罢了。

可梅妖无错无过，梅小姐不能怨他，也不忍怨他。

梅小姐第二个心愿乃是祝她与赵公子恩爱不离，梅妖允了。

梅小姐出嫁那日天气极好，梅妖站在树影下，一如初见般对万事风轻云淡的模样，身形轻巧得像能化在影中。

梅小姐悄悄掀了盖头瞧了一眼，满眼满心的酸涩，匆匆撤了手不再看了。

自此三年，梅小姐与他再未相见。

梅小姐，如今该是赵夫人，自小身子骨不好，八字测定有短命之相。

初嫁时夫妻恩爱，生活美满。可产后公婆磋磨，积劳成疾，丈夫又对婆婆言听计从，凡事只叫赵夫人忍着，让本来还鲜活的人失了灵气寒了心骨。

那年大雪，赵夫人染了风寒，一拖再拖，牵扯出了旧时的病症，躺在床上耗日子。

赵夫人恍恍惚惚时觉着身边有个人，只是自出嫁后她心性变了，再也未能如幼时一般瞧见精怪了。

梅妖曾问过："你为何不惧我？"

梅小姐老实答："见得多了，也不觉奇怪了。"

梅妖一笑："倒是天真善良。"

梅小姐后来问："你若实现了我的心愿会如何？"

梅妖思索片刻："好好修炼，争取成仙。"

成仙有那么好？这俗世红尘就不让他有一丝留恋？

赵夫人昏沉时想起自己出嫁那日许的第三个心愿，泪水打湿枕巾。自作孽。

第三个愿望是让他们二人此生不复相见。

这日赵夫人来了些精神气，又逢大雪初霁，便去旧时常去的寺庙祈福。

她来到那片果林，当头那棵梅树积了厚雪，好看得紧。赵夫人抬头看着，像是能在褐枝白雪间看到个有如霁月般的清淡人影。她喃喃着："长清……"

忽然微风起，有人踏雪而来，空气中立时绽出梅香。那人笑容清淡而温柔，一如往日："在。"

梅小姐落下泪来，身体骤软，那人赶紧上来搀扶。

第三个愿望梅妖没有应允，自然作不得数。

合眼前梅小姐握着他的手，低声说："第三个愿望，待我转世，再与你在一起，可好？"她眼里是泪水，唇边是笑容。

梅妖点头："好，我允了。"

梅小姐安然闭目，享年18，正是好年华。

梅妖自此再未修炼，守着原身自生自灭。

精怪若不修炼也是会老的。梅妖等了百年，等到新朝建，新朝灭，又一新朝立，而后国门破，洋枪炮火响声连天，梅妖屹然不动。

这样又是百年，他貌似耄耋，终于又遇上了转世为女童的梅小姐。他守到她11岁，终于大限至，可入轮回了。

再世为人，他怀着以往旧事，开始一心追逐她，最后如愿以偿。

父亲拍拍我的脑袋，温声细语："梅子好吃吗？"

我点点头："好吃。"

END

专属于你的
心情晴雨手账

糖

RECORDYOUR MOODS

你的小美好

Your little beauty

由你来书写

You write it

_I 我 有 超 能 力 I

YOU ARE MY FAVOR

异次元男友

么 | 超 喜 欢 你 |_

哟！伯爵伯爵

Text / 时我

时我：一个普通人，我偶尔觉得自己总要有点什么，
就像黑暗中总要有点光，就像我总有一天会有猫。

01

新上任的吸血鬼伯爵是远近闻名的废物，没就业之前就读于家里蹲大学，衣食住行全靠父母，连鲜血都是蝙蝠递到棺材边喂给他喝的。

一个月前老伯爵退休，新伯爵正式转正上岗。可他浑身上下，唯独一张脸拿得出手。

老伯爵苦口婆心："儿子，实在不行，你就找个富婆娶了吧。虽然你没本事，但可以靠脸吃饭呀！"

说完老伯爵就背起自己的棺材板云游四海去了。

小伯爵是个"颜控"，他不想娶富婆，他要娶村花。山下村子里的村花可美了，养的鸡也格外好吃，娶了村花又有了鸡吃，一举两得，简直完美！

——偷鸡贼又来啦！

——打呀！

可他刚下山就让人打了回来。娶不到村花，偷不了鸡，没偷到鸡就没

肉吃没血喝。

新上任的吸血鬼伯爵遇到了最大的难题，他快饿死了。

02

城堡里的蝙蝠是与时俱进的好蝙蝠，能上网，会开挂。

伯爵大人在蝙蝠的指导下捣鼓了好久，终于在 X 宝注册了会员，来回浏览，终于找到了一家心仪的店铺——新鲜血液快递站。

店主良心，口头承诺保质保量，运费全免。

伯爵大人的难题迎刃而解，有包裹和血喝，还不用去偷鸡，简直完美！

收到包裹的那日，他毫无血色的脸竟气得更加惨白。

包裹里面坐着一个戴眼镜的瘦高少女，正在挑灯研读达尔文的《物种起源》。

再次在蝙蝠的教导下，伯爵大人在店铺下留言：缺斤少两，差评！

店主回复：小本买卖，概不退货哟亲！括弧笑。

伯爵大人掀桌!

03

说来谁都不信,新上任的伯爵大人竟然没吸过人血,他掰着手指头算了算,他活了三百三十三年三月零三天,喝过鸡血鸭血羊血等等,就是没喝过人血,这是为什么呢?

他突然想起了山下的村民追着他喊打的场面,顿时吓得抱头呜咽,因为人类真的很可怕呀!

眼镜少女作为新鲜血液的承载体被卖来城堡的第一天,吸血伯爵心怀畏惧;第二天,内心挣扎;第三天,蠢蠢欲动;第四天,他终于拿走少女手上的书,亮出獠牙要吸血。

少女抬了抬眼镜,扬起脑袋看他:"你知道有多少疾病是通过血液传播的吗?"

伯爵大人摇摇脑袋。

"乙肝、丙肝、艾滋病、疟疾……你还要听吗?"

伯爵大人默默收回獠牙。

他快乐地收获了知识,但他依旧很饿。

就在伯爵大人准备做一只饿死鬼,躺在棺材里写遗嘱的时候,他忽然发现了一个天大的秘密——少女竟然在吃鸡!

04

鸡是村花送给少女的,村花听取少女的建议建立了现代化养鸡场,专业养鸡,科学致富。

同住一屋檐下,智商是关键。没有智慧的伯爵大人依靠智商超群的少女获得了上任以来的第一顿饱餐。

少女吃肉，他喝血。

少女忽然问："你会飞吗？"

除了美貌一无所有的废物伯爵终于又有了炫耀的资本，他一抹唇角的鸡血骄傲地点头。

少女又问："你知道自己为什么会飞吗？"

伯爵大人摇头。

少女："那你知道鸟为什么会飞吗？"

还是摇头。

少女翻出一本厚厚的《生物百科全书》，准备讲解，但看了一眼伯爵呆呆的脸，最后简而言之："因为它们有翅膀。"

伯爵大人一脸兴奋："我也有翅膀！所以我会飞！"

少女："所以你和鸟是同类。"

把书放回包里，她漫不经心继续说："可你刚刚吃了自己的同类。"

伯爵大人看了看酒杯里的鸡血，忽然觉得不饿了。

05

吸血鬼伯爵每天都要忍饥挨饿，还要受到智商上的碾压。

于是他决定节衣缩食，好好学习天天向上，靠知识改变命运。

毫不知情的蝙蝠A："伯爵大人为什么突然开始学习了？是血不好喝吗？还是美女不好看？"

心如明镜的蝙蝠B："不是血不好喝，是智商太低连血都喝不到。"

吸血鬼伯爵把蝙蝠A和蝙蝠B叫进书房："你们觉得我应该学文还是学理？"

桌上一边摆着数理化课本，一边摆着政史地课本。

毫不知情的蝙蝠A："伯爵大人您知道九九乘法表吗？"

心如明镜的蝙蝠B："伯爵大人您会背唐诗三百首吗？"

吸血鬼伯爵第一万次摇头。

蝙蝠A和B齐声大喊："伯爵大人，是血不好喝，还是美女不好看？"

06

伯爵大人拿着《小学一年级·数学上册》向少女虚心求教："从左往右数，张明明排在第1位，从后往前数，张明明还是排在第1位，请问这一排一共有多少位小朋友？"

少女面无表情地看向伯爵："你觉得有多少？"

伯爵思考："两个，前面一个张明明，后面一个张明明。"

过了两天，伯爵大人手捧《唐诗三百首》来找少女背诗。

背到《悯农》就卡了壳。

少女好心提醒第一句："锄禾日当午。"

伯爵大人灵光乍现："李白来跳舞！"

又过了三天，伯爵大人觉得自己学有所成，决定下山试验。

果不其然，村民们对他一改往日的恶言相向，将其视为座上宾，又是端茶递水，又是载歌载舞，临走时还哭天喊地地要他记得下次再来。

少女诚不欺我。伯爵带着鸡鸭鱼肉，开心回家。

蝙蝠A和B出来迎接："大人你的钻石王冠呢？你的翡翠项链呢？还有鸽子蛋戒指呢？"

"哦，都给村民了。"

少女诚不欺他，他今天才知道原来吃东西是要给钱的。

07

伯爵大人声名远扬。他从声名狼藉的偷盗者变成了附近村落争相拉拢的香饽饽。说来也丢脸，他一直秉持着“月黑风高夜，无人好偷鸡”的理念从未让人见过真容，白瞎了一副好皮囊。

现在他高大俊美的外表也随着“人傻多钱”的名声一起传开，终于，美丽的村花主动找上了门。

这一天风和日丽，村花打扮得漂漂亮亮的来给城堡送鸡。

开门的是伯爵，见到村花他一脸欣喜。

村花提着鸡嫣然一笑，紧接着她就被拉到了乌烟瘴气、经历了一场生死浩劫的厨房。

伯爵大人顶着一张被熏黑的俊脸，可怜兮兮道：“你会做饭吗？我最重要的人病了。”

这一天，村花黯然离去；这一天，少女吃上了一碗热腾腾的鸡丝粥。

这一天阳光明媚，风和日丽。

08

少女从床上起来，第一眼就看见了顶着鸡窝头、洁白的脸上沾满煤灰的吸血鬼。

少女揉了揉伯爵大人的头发，真柔；戳了戳红嘟嘟的唇，真软；看了会儿他睡着的样子，真好看。

但就是脑子太蠢。

少女决定把自己的读书笔记留下，这样她不在了，这只废物也能学学知识，长长见识，不再这么容易受到欺骗。

少女打包好行李往门外走，手腕突然被抓住。

“你要去哪儿？”

哦，对了，他的声音也好听。

“回去考试。”

“你骗人！”灰头土脸的伯爵死都不松手，“我知道鸟是卵生动物，我是哺乳动物，我们根本不是同类；我知道这一排一共只有张明明一个人；我知道‘锄禾日当午’的下一句是‘汗滴禾下土’，这些我都知道，所以你可以不要离开吗？”

少女咬咬牙，像是做出了某个艰难的决定。

她突然回首抱住哭相惨不忍睹的吸血鬼，咬着后槽牙，字字句句在他耳边清楚道：“不，可，以。”

伯爵晕倒前想起自己还有话没说完，他可聪明呢，就像他知道所有的答案一样，他也知道少女是驱魔人，从一开始目的就是消灭自己这个给人带来困扰的废物吸血鬼。他听到了村花和少女的对话，村民们给了少女报酬，她拿人钱财替人消灾。

他的话还没说完呢，他已经和村民打好关系了，能不要走吗？他来给这笔酬金，能不要走吗？他依旧除了美貌一无所有，所以可以不要丢下这个可怜的废物吗？

回答伯爵的是一脸担心的蝙蝠A和蝙蝠B，还有少女留下的读书笔记。

09

伯爵躺在棺材里写遗书。他孤家寡人，没人喜欢，他要结束这段凄惨悲凉的吸血鬼生涯。

蝙蝠A和B拼死劝阻：“伯爵大人，是血不好喝，还是美女不好看呀？都不好没关系，少女好就行了呀！”

触及伤心事，伯爵大人哇哇大哭："好有什么用！人都走了！"

“谁说我走了？”

一抬头，少女拿着被他丢在一旁的读书笔记："笔记看了没，课文背了吗？天都黑了还窝在棺材里？"

下山把定金还给村民就赶了回来，她刚想解释就被拥入了一个肌肉紧实的怀抱里。

伯爵大人哭得更大声了，一把鼻涕一把眼泪，想把之前没来得及说的话全说出来，但最后却遵循本能做出反应，他迅速把一枚戒指套在少女手上。

“这是我家祖传的玛瑙戒指，你戴上就是我的人了，不许反悔！”见少女低头不语，伯爵小心脏都吓停了半秒，小心翼翼地问，“要不，我做你的人也可以？”

少女一脸无奈："这不是玛瑙，是祖母绿宝石。"

伯爵大人暗自握拳，他一定要多学知识多看报。

10

敬启在外游玩的父亲大人：

儿子最终还是娶了一个我爱的、并爱我的小富婆。

知识就是财富，而她是我的无价之宝。

END

话痨小姐的害羞树先生

Text / 桃之幺

桃之幺：水果界特级甜饼烘焙师。
微博：@码字的桃之幺。

01

唐落无数次想，“唐唠唠”这个绰号应该给齐数才对。

她承认她话痨，可齐数比她还话痨。

“唐落落……

“唐落落……

“唐落落……”

在她耳边说了一堆话后，齐数问：“唐落落，晚上去我家吃饭吗？”

“你做饭？”

“我做！”

“成交。”

于是，去齐数家蹭饭吃的唐落捧着一大碗蔬菜沙拉，好奇道：“大树，你从小就这么吃的吗？”

齐数点点头。

唐落叹息，瞧瞧人家这基因，光吃草就能长这么高。

S U G A R B O M B

齐数之所以被她叫大树，也是因为身高。

第一次见面是在唐落大一辩论赛前候场时，没带手机的唐落找不到队伍，靠着树干叹气。

谁知道树干却动了，唐落僵着脖子向上看去，对上了一对漆黑的眼睛。

“小豆苗。”

唐落：“……”她这是被嘲笑了？！

出于报复心态，唐落对着“树干”练立论稿。这么闷的男生一看就不喜欢话多的女生，于是唐落变本加厉地用碎碎念折磨他。等离比赛开始只剩下五分钟时，一直没说话的“树干”终于动了，拎着她直接到了比赛场地。

比赛开始时，唐落才知道她刚刚原来……通敌了。

不打不相识，在第三次偶遇“树干”时，唐落凑过去笑眯眯地叫他：“树学长。

“树学长，你长这么高是不是很热啊，因为你离太阳比较近啊。

“树学长，你头发是天生的还是染的？

“树学长，你发色色号是什么？ 我也想染一个。”

……

树学长开口了：“我叫齐数。你黑发好看，不用染。”

唐落想，这个学长真逗，他们可是打过比赛的，怎么可能不知道对方名字呢？

有了这样的开端，唐落并不知道后续的发展会急转直下。

02

“树学长，我刚认识你的时候你话也没这么多啊。”唐落戳了戳沮丧的齐数，他们刚被评委点名批评抢占了其他队友的时间。

“……我现在话也不多。”齐数还挺委屈。

唐落撇撇嘴，也不知道每天跟她唠电话的是哪一位。

刚认识时，她眼中的齐数内向害羞，不苟言笑。

而现在，有时候还挺害羞，但是不苟言笑嘛……

唐落觉得当初自己一定看走了眼，眼前这位学长可和老实可靠半毛钱关系都没有。

比如，他们去吃饭——

“你好厉害。”齐数由衷道，“竟然能吃这么多的肉。”

看着齐数碗里绿油油的青菜，唐落突然就觉得嘴边的酥肉难以下咽了。

比如，他们去散步——

“这些树长得不好。”齐数认真地跟她分析哪些树长得好哪些长得不好。

唐落不知道为什么胸口有些憋闷，脱口而出："你就该学园林设计。"

齐数眨眨眼睛："我是啊，落落真关心我，我刚想跟你说我转专业考试通过了。"

唐落："……"

比如，他们去图书馆——

"C 区 4587L 在哪……"唐落拿着纸条左找右找也没找到想找的书。

下一秒她就被齐数举了起来，腾空的唐落看见了放在最高层的书。

唐落："……"

齐数向她邀功："我刚刚就看见了。"

唐落："……"你看见了你不拿下来？把人举起来显摆自己长得高吗？！

再比如，有人跟她表白——

看着对面捧花的男生，还没等唐落拒绝，路过的齐数就凑过来跟追求者说："她没有男朋友的。"顿了顿又道，"不过，你有一米九吗？落落喜欢高个子的男生。"

追求者大约也知道唐落有这么一位哥哥，有些紧张地搓了搓手："我一米七九，努力努力可以长到一米八，我没有一米九，但我会对唐落好——"

齐数打断了他的话，自豪地说："可是我有。"

03

按说，他们到现在已经认识六年了，要说什么感觉都没有，连唐落自己都不信。

而且还真有过那么一点儿什么。

大三有那么一段时间，唐落一直躲着齐数，就是害怕控制不住自己的心。

闺蜜跟她分析："你俩都单身，都喜欢异性，你们待在一起的时间比我们在一起的都长，但是到现在都没在一起。就说明——你们根本不喜欢对方。"

唐落的心漏了一拍，默默地想着，大概齐数是真的把他当朋友，或者妹妹看待的吧。

闺蜜继续分析："你们这种情况，要在一起早就在一起了。但万一有个人傻不拉几地动心了，要么就是一方憋着继续当朋友，要么呢表白后一拍两散。"

唐落推了推闺蜜："瞎说什么呢？谁喜欢他了？"

闺蜜却不说话了，冲着她挤眉弄眼，唐落掩下失落之情，强作打趣道："我喜欢高个子的，可也不要这么高的啊，以后每天都仰着脖子，多累啊。"

闺蜜彻底放弃了比嘴形，一脸绝望。

唐落后知后觉地转头，就看见了教室门口不知道站了多久的齐数。

齐数抿了抿唇："最近没看到你，我就想来看看……"

之后的很长一段时间唐落都没能见到齐数，再见面时是在齐数的毕业典礼上。

"落落。"齐数笑得阳光，就仿佛那天的事没发生过一样。

"那天我跟我闺蜜开玩笑的，你别放在心上。"

齐数挠了挠头："可我觉得你说得挺有道理的，你看我现在矮了点没？”

唐落哑然，一瞬间分不清他是在报复自己说的话，还是认真的。

可若说认真的……二十几岁的青年怎么可能会无缘无故变矮呢？

那封待在唐落口袋里的情书被捏得皱皱巴巴的，信的边角被盛夏的汗水打湿，可最终还是没能送出去。

唐落大学的最后一年，别人都说唐唠唠变了。

变沉静了。

再没有之前的咋咋呼呼，拉着人就开始聊八卦的劲头，终于能够安静地在图书馆一坐就是一个下午。

齐数帮她修的刘海长了，她就干脆把短发留成了长发。收到的告白倒是变多了，可唐落无一例外地拒绝了，拒绝的理由都是同一个——

“你有一米九吗？”

闺蜜说她傻，这不是喜欢是什么。

可唐落偏不承认，那才不是喜欢。

如果只是普通的喜欢，她怎么会泥足深陷。

04

再一次重逢，竟然是在唐落的新单位，迎接她的新同事。

“齐数？”

齐数看见她时，眼睛亮了一下，抿出一个腼腆的笑。

“唐落。”

唐落强迫自己将深藏心底的心思装进了带锁的箱子，反复地告诫自己，这人一年都没有跟你联系了，连毕业典礼都没有来，他肯定对你是没那份心思的。

“你怎么会来这里？”唐落若无其事地问道。

谁知道齐数的一句话竟然重燃了她所有的活力——

“因为你在这里。”

公司的领导也觉得诧异，但与大学同学截然相反的是——

“唐落挺稳重的一姑娘，怎么突然变活泼了？”

又有人说：“活泼点好，省得办公室死气沉沉的。”

别人的想法唐落一无所知，但是她知道，能陪她唠嗑的人回来了。

05

“大树，你这一年去哪儿了？”

“唔，回了趟家。”

“老家吗？”唐落来了兴致，“没听你说过，你老家在哪儿？好玩吗？”

“都是植物，不好玩。”随后齐数肯定地点了点头，“没有地球好玩。”

“说得像你家不在地球上一样。”

齐数戴着鸭舌帽，性格没有什么变化，就连笑容的弧度也没有变化，但却又有些不一样了。

似乎像是褪去了稚嫩青涩，多了几分坚毅。

“那你这一年做了些什么？”

“打仗。”齐数含含糊糊道。

齐数的回归带了很多谜团，但是唐落神经粗，就连齐数搬到自己家隔壁也都只当是缘分。

多好啊，以后有人一起吃饭一起看电影一起唠嗑。

至于，喜欢不喜欢的，在面对表白有可能失去齐数这个朋友的可能性，唐落选择了在心底的箱子上再落上一把大锁，焊死锁眼的那一种。

06

关于齐数成没成熟这个问题，很快唐落就想收回前言，这人还是这么幼稚。

七夕时，同事收到了鲜花，她夸了几句花的品质好。

就被迫听齐数念叨了几个下午花的品质。

唐落气呼呼地问他："你说那么多，我也收不到花，难不成你送我？"

"那不行。"齐数一口否决。

气得唐落连饭都没跟他吃，结果晚上那人不请自来，手上还搬了一盆盆栽。

"这是啥？"

"七夕节礼物。"

"七夕送……树？"

说盆栽是好听的，这明显是棵树，被迫塞进了不合适它大小的花盆里。

齐数笑得不好意思："种了很久了，一直想送给你。"

等齐数离开后，唐落躺在床上傻笑，送……树，大树是把他送给自己了？

这么想着，唐落没憋住，拿起手机开始嗒嗒嗒。

唐落：大树 =v= 那盆树是你吗？

齐数：那个不是我。

齐数：我比它好看。

齐数：比它高大。

齐数：那只是一棵普通的树！

齐数：要不，我还是去搬走吧。

唐落把手机扔了，鼓着腮帮子，委屈地生着闷气。

不娶何撩？

07

这样的日子也挺好，反正她才二十三，可以慢慢想，万一哪天就把齐数撩到手了，对不对？

可是她没有想过，她不着急，齐数也会着急的。

“相亲？！”

齐数叹了一口气：“他们太心急了。”

“可是你不才二十四吗？”

齐数挠了挠头：“不止。”

“二十五？”

齐数心虚地撇开眼睛：“呃……差不多。”

“那你想相亲吗？”唐落咬了一口橙子，真酸啊。

“不想。我不喜欢她们。”

“那你喜欢谁？”

“你。”齐数脸红了，结结巴巴道，“落落你想跟我一起种小树苗吗？”

种……树……？

唐落想起齐数家里的景观，赶紧摇头。要命了，她分不清植物，可齐数还偏偏最热衷于种花种草种大树。

齐数垂下眼眸，头发也塌了下去。

唐落很早以前就发现齐数头发的特别之处，可以随着他的心情出现细微的变化。

唐落不忍心打击他的积极性，打算挽救一下他坍塌的头发："我表哥也是做园林设计的，要不要介绍你们认识？让他跟你一起种小树苗？"

齐数猛地抬头，嘴角抿得紧紧的。

08

那之后，齐数连着好几天都不肯跟唐落说话。

但是不说话不代表他们没交流。

比如——

一个男同事过来跟唐落聊天，聊着聊着，一大杯咖啡就这样"啪"地放在唐落的面前。

唐落一转头就看见齐数气鼓鼓的脸。

满脸写着我不高兴。

再比如——

她问齐数："人家平常挺照顾我的，你生什么气？"

没想到齐数还是闷着，低头"唰唰"地写自己的东西。

十分钟后，唐落收到了一张 A4 大纸条。

上面写满了那位男同事的桃色绯闻。

唐落嘴角抽了抽："你还……挺八卦的。"

齐数吭哧半天，才憋住一句："他不好。"

"扑哧"一声，唐落乐了："大树，我找男朋友，你吃什么醋？"

齐数脸又沉了下去，拿马克笔在 A4 纸上写了几个大字——

"我不喜欢吃酸的。"

09

等唐落再问齐数相亲的事情时，齐数看了她一眼，耳根红红的："我跟爸妈说我有喜欢的人了。"

唐落心里突然空落落的。

"是吗……"唐落强打起精神，"怎么没听你说过？"

"我不是天天说吗？"齐数疑惑地看着突然沮丧起来的唐落，大手放在她的头上，"怎么了？不舒服？"

怎么可能会舒服呢，唐落想，分别的一年里心底建起了足够强大的堡垒，可在见到齐数的那一刻都已尽数坍塌。她以为时间足够她将残垣收拾干净，可齐数却没有给她这样的机会。再一次道破真相，让她好不容易长出的幼苗重新回到了种子之中。

又要再一次从废墟中重建城墙，唐落难过得眼泪几乎都落了下来。

"落落？"

唐落狠狠地摇了摇头，声音干涩道："有机会带给我看看，我……我怎么说也算是你妹妹呢。"

齐数愣愣地看着她的背影，落落为什么说她是自己的妹妹？

分明就不是啊。

10

唐落看着按响她家门铃的俏丽少女，心想齐数还真是信守承诺。

这才多久，就把喜欢的女孩带过来给她看了。

"落落，她是……"

没等齐数介绍，女孩就亲热地挽上她的手臂："落落姐，我叫婉婉。"

齐数瞪了她一眼，婉婉当作没看见，吐了吐舌头，继续缠着唐落说要参观她的家。

但是却被唐落看在眼里。

若说之前还有着难以言说的隐秘希望，可当她看见他们的小动作时，她意识到齐数是认真的。

她认识的齐数是温柔的，甚至喜欢对着她撒娇，可和婉婉互动的齐数却多了几分认真与严厉。

唐落从来不觉得一个人对你好一定是因为你是特别的，但如果一个人对你有着与众不同的情绪，那你一定是特别的。

齐数就像水，可遇见婉婉就有了火星子。

唐落和着酸涩吃下齐数给她夹的肉，却错过了婉婉的视线。

婉婉一直偷偷盯着他们俩瞧，当目光落在齐数脸上时，那神情就仿佛像是发现了新大陆。

11

唐落每天看着齐数和婉婉同进同出，齐数还带着婉婉摆弄着他最热衷的园艺。

唐落只要一想到齐数会展现出来的温柔心里就不是滋味。

蹲在盆栽面前的唐落难过地自言自语："就连你们都知道长到一起去，他怎么就不知道呢？"

齐数送来的那棵树不知道什么时候分了岔，可长着长着树枝绕在了一起，越绕越紧密，就像一棵树给自己编了麻花辫。

脑子浑浑噩噩的唐落根本没有多余的力气去思考这样的树是不是

长得有点反科学。

她知道齐数没错，婉婉也没错，错的是她，她不该不该觊觎别人的男朋友。

有时候吃起醋来，让她非常讨厌这样自己，比如此时。

齐数重重地将一杯水放在唐落的面前，眉头紧锁，粗声道："喝水。"

"怎么只有我有？"唐落故意把这几个字念得很重，她知道自己这样太难看了，可她就是想证明自己在齐数心里还是有一席之地的。

"她不需要。"

"我怎么不需要了？"婉婉不服气了，在齐数的目光下把后面的话咽了下去。

在他们都没注意到时候，婉婉狡黠地转了转眼睛。

两分钟后，放下水杯的唐落脸颊染上了绯红，晕乎乎地往齐数怀里倒。

齐数还没明白发生了什么事，就见婉婉蹑手蹑脚地打算溜。他拿起桌上的水杯嗅了嗅，绵长醇厚的味道钻进了他的鼻腔。

"齐！婉！婉！"

齐婉婉想，要不……她还是回家好了？虽然没有好戏看了，但还是小命要紧。

谁知道盛怒中的大哥会不会大开杀戒呢。

12

"落落？没事吧？你起来，我去给你倒杯蜂蜜水。"

把白酒错当白水喝下去的唐落拉着齐数不肯放手。

"大树……"唐落鼻头都红了，"明明我认识你更早，明明我也很好。"

齐数不明所以，但还是认真地看着唐落的眼睛说："你很好。"

没想到唐落"哇"的一声哭了出来："那，那你为什么不喜欢我？"

齐数维持着半起身的状态彻底僵住了，唐落的眼睛就像个水龙头，眼泪怎么也收不住。

"你，你先别哭了，我，我……"

齐数半天没说出来话，最后憋了一句话："乖，先别哭了，再哭就要脱水了。"

唐落的眼泪簌簌地落着，齐数不知道，这不是今天的眼泪，而是从大四那年积攒至今的眼泪。

13

唐落是在齐数怀里醒来的，她眨了眨酸涩的眼皮，就见齐数浑身包裹得严严实实，脸上还戴上了口罩。

"你醒了？"

"嗯，你……很冷？"今天的温度很高，齐数这样穿怕是要中暑。

"热。"齐数声音闷闷的。

"那怎么……"唐落突然意识到他们的姿势，猛地坐了起来，缩到了沙发的另一头，"你，你一直抱着我？"

窗外的晨曦提醒着她，他们就这样在沙发过了一夜。

唐落的脸红得像个苹果，她不知道看起来像没事人的齐数的手心此刻已经烫得能灼人。

"昨晚，你喝醉了。"

唐落还没闹明白她是怎么醉的，就见齐数认真地看向她："落落，当初不辞而别是我不好，你别哭。"

因为齐数的一句话，昨夜的记忆突然回笼，唐落瞬间都蒙了。

“我……我都说了？你……你别介意，是我自己没有勇气，不怨别人。”

齐数也红着耳朵垂下了头，并肩而坐的两个人，心思却全然不同。

“我跟你一样的，要不是齐婉婉，可能我现在也没有勇气说出来。”

——“大哥！你战场上那么酷，怎么对上落落姐就婆婆妈妈的？”

——“不就是外交问题吗？你是王子啊！不同意就开战啊！”

殊不知，唐落听见了一个婉婉，心就沉了底。以为他说的是要不是齐婉婉主动，他和婉婉也差点错过。

是啊，要是她跟婉婉一样勇敢，现在这个人说不定就是她的了。

14

唐落想，她从来不知道她心理素质这么好。

婉婉在她家里进进出出，她都能够接受，不过大概是因为齐数也会一起来。

以后也许就见不到了，那不如现在多看两眼。

看见她摆进来的一盆盆花，花朵越艳丽，唐落的心情越差。

暗自伤神的唐落没有听见阳台上齐数和齐婉婉的对话——

“我不喜欢别的花。”

“你不懂，这是礼节，女孩子会喜欢的。”

齐数不明白什么礼节，但如果唐落开心，他勉强能够接受和这么多入侵者共处一室。

可唐落看起来并不开心啊。

在齐数追问了很多天后，唐落终于爆发了——

“我不喜欢花！

“我不喜欢你女朋友！

“我……不喜欢你。”前面两句是怨气，最后一句则充满了悲伤，就像是催眠自己的话语。

齐数终于收敛起了笑意：“落落很好啊，我很喜欢，所以你不能不喜欢自己。”

“我哪里好了？！”唐落不明白齐数怎么会迟钝成这样。他天天在自己面前晃悠，她早就失控的心都快要沦陷了。

发泄似的吼出这一句，唐落根本没有细想其中的逻辑关系。

可齐数不在意，他正扳着指头数着：“我不会说话，可你从来不嫌弃我；我跑马拉松跑脱水了，是你把我拖到了终点；我被人污蔑，是你帮我找证据找老师；我被人抢了奖学金，是你用三寸不烂之舌帮我骂了那个白痴；我离开后，也只有你才想了我那么久……”

唐落傻眼了，而齐数还在数着，就连她都不知道，原来自己这么好。

或者说，在齐数眼中那么好。

她终于捋清楚齐数的话，勉强挤出了几个字：“你，你说的女朋友是……”

“大哥！”齐婉婉元气十足地推开门，“星——

“那什么……我等会儿再来。”齐婉婉迎着齐数杀人的目光，在门缝后欲哭无泪道，“大哥，能不扣我零用钱吗？我还想买个新飞船。”

唐落彻底沉默了。

她是不是误会了什么。

15

“所以，你喜欢的是我？”

唐落已经快被这个天上砸下来的馅饼砸晕了。

齐数眨眨眼睛："那天晚上我们不是说清楚了？所以你不能不喜欢我，你只能喜欢我。"

是……是吗？！

唐落努力回忆着那一夜发生的事情，直到齐数的手掌按在了她的额头，一些只言片语突然出现在了她的脑海里——

"我没有喜欢别人，我只喜欢你。

"齐婉婉不是我女朋友，她是我妹妹，你不喜欢她可以不搭理她。

"不像是因为，我们那里的兄弟姐妹都不太像。"

……

"当我的王妃好不好？我们可以种出很多小树苗。"

唐落吃吃地笑着，王妃啊，可真中二。

但大概恋爱中的人，再傻的情话都觉得甜。

"我不要当王妃，当公主不行吗？"唐落撒着娇。

齐数认真地思考着可能性，半晌严肃地摇了摇头："不行，差辈了。"

16

"去哪儿？"刚把电脑关机，唐落扭头就看见齐数涨红了一张脸。

"你要不要跟我去踏，踏青。"

"什么？去哪儿？"

齐数深吸了一口气："约会！"

众人："……"

唐落："……"

于是，这一天公司的所有人都知道齐数和唐落恋爱了。

“怎么这么烫？”齐数用手捏了捏她的红脸蛋。

唐落眼睛落在石阶上，压根不敢直视他，明明以前无聊时连数齐数眼睫毛的事情她都干过，可现在却害羞了起来。

被握在齐数大掌里的手心沁出了热汗。

“太热了？”齐数想松手看看唐落怎么了。

结果就被唐落软乎乎的手攥紧了：“不，不热，就是不习惯。”

不习惯呀……

齐数突然半蹲下来：“落落，你按一下我的肩膀。”

唐落不明所以地按了一下，下一秒她就腾空了。

一双大手钩住了她的腿弯处，齐数红着耳朵道：“不习惯的话，习惯习惯就好了。”

唐落勾着他的脖子，她的角度刚好能看到齐数长长的眼睫毛。

风从头顶吹过，就连飘过的云彩都像是柔软的棉花糖。

唐落想，谈恋爱真是太美好了。

以前她觉得语言是表达感受的最佳方式，她最不能接受就是一个嘴笨的男朋友。

可现在，唐落却发现，一个眼神就足以道尽千言万语了。

17

但烦恼也不少。

比如齐数总是戴着的口罩和帽子。

每次提到这个问题，齐数都闪烁其词，唐落只能向齐婉婉打听。

“是不是你们独处的时候？而且都是晚上？”齐婉婉笑得像只偷吃了鸡的小狐狸。

唐落点头。

“这个你要他自己跟你说啦。”齐婉婉说，“不过，我可以跟你说一点点，跟我们每个人物种特性有关系的，就像我和大哥是同父同母，我们品种也都不一样……”

唐落一头雾水：“等等，什么品种？你们是少数民族？大树不是汉族的吗？”

印象中她看过齐数的身份证。

“呃……我不是少数民族，但大哥是。”齐婉婉看着唐落迷茫的目光，突然跳了起来：“哥！你该不会还没说？！打算让嫂子盲婚哑嫁吧？！”

18

唐落看着蹲在墙角哭哭啼啼的齐婉婉，心想，她以前还担心齐数的性格会不会是特别宠孩子的那种。

现在她彻底不担心了。

齐数揉了揉拳头，温柔地拍了拍唐落的脑袋：“乖，别听她瞎说。”

“大树，你是不是有事瞒着我？”

齐数沉默了。

唐落脑子里无端想起电视剧里的癌症患者，化疗后可不就跟齐数一样，大夏天戴着帽子，顿时指尖都没了血色：“有事你跟我说啊，你就是得了绝症，现在科技那么发达……我工作这几年也有不少积蓄，我把钱拿出来你拿去治病，我们去最好的医院……

“我……我们明天就去领证。”唐落都快急哭了。

“落落，我确实有事瞒了你。”齐数蹲下来平视她，“……我不是人。”

唐落眨了眨眼睛，把眼角的泪花眨了回去，看着齐数认真地神色，在他肩头重重地捶了一拳。

男朋友脑回路“中二”也没关系，只要人没事就好。

这一天他们在门口吻别的时候，还是隔着口罩的。

齐数把她揽在自己的怀里：“对不起，我让你失望了。我们登记结婚的手续比较复杂，你等等我，我争取下个月解决这个问题。”

等齐数终于离开，唐落的心脏还在怦怦地跳着，所以，自己这是……被求婚了？

傻大树把自己的那句明天结婚当真了。

认真道歉的齐数真是……太可爱了！

泡在粉红色泡泡里的唐落根本没有去想，为什么他们的结婚手续会更加复杂。

19

又是一次约会，山谷间都回荡着唐落的笑声。

笑着笑着，她突然停下了话头：“大树，你有没有听到有叫声？”

齐数凝眉，随后指了指一个方向。

唐落赶紧跟着齐数朝声音方向跑去。

救命声却越来越小，这让齐数他们加紧了脚步。

“你还好吗？”唐落气喘吁吁地问被困在半山腰的落难者。

那个女孩拼命对他们挥手：“我被石头压住了脚，动不了了。”

“你拉着我的衣服，我去……”

“我去！”

“不行。”唐落不肯让，“我力气小拉不住你，你力气大，等会儿连着我们俩一起拽上来。"

齐数拗不过她，拽着她的手。

唐落回头："我够不到她，你拽着我的衣服。"

齐数刚想说什么，手就被挣脱了，唐落的动作在他眼里就像放了慢动作。

"落落！"

受困者呼吸都快停止了，她就见唐落脚下打滑从她面前经过，很快一道人影冲了下来。

可外面根本没有任何可以落脚的地方。

后面的事情受困者也记不清了，她就看男人把脚滑的女孩带了回来，路过她的时候粗暴地把她拽出了石堆。

一到山道上就劈头盖脸砸下来一句："落落冒着危险救你，你连手都没打算伸？"

他把虚惊一场的唐落圈在怀里，用力地亲上她的额头："你要吓死我了。"

唐落脑子里还在回放刚刚的那一幕，脚滑的瞬间想拽住周围的树枝，可她能触手可及的都是柔弱的枝条，在即将在她落空的那一瞬间，一条坚实的藤蔓拦住了她的腰。

紧接着她就被四面八方的枝干包裹住了。

每一片叶子都在她耳边沙沙作响。

每一片叶片晃动的声音和风在一起汇集成了无数声——"落落。"

仿佛从深处传来，明明很离奇，但唐落却偏偏生不起畏惧之心，她知道，那是齐数。

唐落想，齐数真的没有骗她，他真的不是人。

20

“你是树精？”

齐数摇摇头：“我不是妖怪，我是……外星人。”

“外星树？那是不是要把我绑架到外星去？”唐落笑倒在他怀里，手却牢牢地环在他坚实的腰间。

“如果你愿意，欢迎你来到我的星球。”齐数认真地说，“如果你不愿意，我可以一直和你生活在地球上。”

在等救援人员的过程中，唐落终于知道——齐数的星球，主宰他们世界的是地球语中的植物。

他们有智慧，劳作、繁衍、生存，绵延万年。

他们就和人类一样，有国家，有分合，有战乱。

他们有两种形态，一种是本体，一种是一生只能选择一次的拟态。

“我是被父母送来地球的，所以我的拟态就是地球人类。”

“那你本体是什么样的？”

“等回家给你看。”齐数见唐落丝毫不害怕，嘴角的笑多了几分甜意。

可唐落真的不害怕吗？

怎么可能呢？任谁发现自己男朋友是非人类恐怕都会害怕。

只是，比起害怕，唐落更害怕自己的畏惧伤到了齐数。

不管是人是妖，不管是地球人还是外星树，那都是她的大树。

21

“婉婉。”唐落终于知道眼前的少女本体是株豌豆花，之所以怎么说话也不渴，是因为她用藤蔓偷偷地喝了水，那杯被换过的酒也是她的杰作。

“你知道不知道为什么大树会被送来地球？”唐落脑海里已经脑补出了很多种剧情，谁知道却听见齐婉婉轻飘飘的一句话：“大哥自闭啊，而且嗜血好战，所以父王母后听了长老的话，把他送来地球治疗自闭症的。”

“……”

他们所认识的齐数一定不是同一个人……不对，同一棵树。

“父王，母后？”

齐婉婉刚想解释，唐落的手机就响了。

“妈？”

听见母亲的问题，唐落耳根子红了一片：“我跟你们说过的，齐数，大学的时候很照顾我的学长。”

跟父母交代了半天，紧接着唐落深吸了一口气：“妈，我打算跟他结婚了。”

齐数还没有正式求婚，可在知道齐数是外星树后，唐落却等不及了，她生怕他们在一起的时间会太短。

她也怕她的外星树先生哪一天会消失不见。

又说了好半天，门铃响了。几个穿制服的男人站在门外，有中国人也有外国人。

“请问来自尤克特拉希尔星球的王子殿下在不在？”

还没等唐落被那句“王子”震惊，就听齐婉婉回答道：“我大哥等一下就回来。”

来人弯腰对她一礼：“公主殿下，日安。”

唐落彻底傻眼了，所以齐数不仅是外星树，还是外星树王子？

她的脑子都乱了，迷迷糊糊地想着难怪大树说她是她的王妃而不是公主。

可不是差辈了吗？

“那这位是？”

“我大嫂。”齐婉婉得意道。

“日安，王妃殿……”那人皱起了眉头，“不对，你是地球人？”

几人对视了一眼，这种情况是要销毁她的记忆的。

“她是我的王妃。”齐数从外面回来，警告地看着他们。

几人转头向齐数行礼：“王子殿下，您找我们来是因为前天的那起事故吗？”

“不。”齐数摇头，“我找你们来是商议婚事。”

“但是，王子殿下她毕竟还没有成为你的王妃，按照规矩……”

“我们已经订婚了。”

唐落彻底傻了，他们什么时候订婚了？

“咳。”齐数略显得有些难为情，“她收了在我们星球代表订婚的相思树苗。”

唐落已经放弃自己的逻辑了，所以是那盆长得奇奇怪怪的麻花盆栽吗？

“殿下，我们明白了。那按照星级外交条例……”

后面的话唐落没听清楚，电话那头母亲还在问她：“囡囡，什么外交？你的那位学长是外国人吗？”

“妈……他是外星人。”唐落喃喃道，“不止是外交，是星际外交。”

22

“大树，所以你为什么要戴口罩？”唐落最近翻阅着大量的植物学书籍，“你是怕晒吗？”她知道有些植物是喜阴畏阳的。

“才不是呢，大哥什么都不怕，所以他上战场对方都怕他了。”齐婉婉不知道从哪里冒了出来。

齐数脸一板：“晒你的太阳去。”

齐婉婉吐了吐舌头，头顶被吓出了一朵小花，赶紧溜走了。

“那是因为什么？”

齐数期期艾艾半天：“我们还没结婚，我要做安全措施的。”

什……什么？！

很久很久以后，唐落才彻底明白当初疑惑不解的事情。

比如，齐数的头发一到秋天就变成了好看的金色，仅仅是因为，秋天到了，叶子黄了。

比如，毕业典礼上，齐数是真的把自己变矮了。他忍痛砍下不少枝条，而之所以中间消失了那么久，不是在躲唐落，而是因为手艺不佳，掉了不少叶子，等头发长齐了才有了见唐落的勇气。

比如，齐数在他们确认关系后总是戴着口罩，是因为齐数害怕自己开花传粉给唐落，直到他知道这种方式并不适用于不同物种后才去掉了那些防护措施。

比如，种小树苗是有其他含义的。

再比如，齐数的年龄……

“所以，你到底有多大？”

“25 加 1。”

“26？”

“那个……是 251 岁。”

唐落：“……”

齐数摸着唐落隆起的肚子："不用担心，我们会共享生命的。"

唐落想，她哪里是担心。她只是没想明白，她一个普普通通的女孩子，就是话有点多，怎么就突然谈了一场跨星球的忘年恋。

虽然她没有哪一秒是后悔的。

但这个问题在齐数那里从来不是问题。

也许他一开始也并不知道喜欢为何物，可他从来就知道这个女孩是不一样的。

齐婉婉话多，他觉得聒噪。

而唐落话痨，他却怎么也听不够，哪怕在大学毕业后回到星球的战场上时，他也惦记着唐落落的叽叽喳喳。

再后来，唐落有了一场星际旅行，她也知道了尤克特拉希尔星球是一个文明远高于地球的星球。

唐落替齐数委屈。

可齐数却说："这里只有文明和科技，可地球有你。"

因为你在这里，所以他也在这里。

在风中，齐数的每一片叶子都在向唐落告状，状告她，她的害羞树先生又红了脸。

END

外卖小哥又迷路了

Text / 风小餮

风小餮：晋江知名写手，活跃的微博自媒体，杂食系大脑洞小怪兽。代表作《墨阳》。微博：@风小餮 tie。

01 外卖小哥迷路了

午饭时间，“范香香黄焖鸡米线”的后厨传来大厨兼老板范香香接电话的大嗓门：“什么，您的餐还没送到？外卖小哥 25 分钟前就出门了啊？您别着急，我帮您联系他，他肯定很快就到！”

范香香挂了电话，嘴里一串无声的嘀咕，动作麻利地将煮好的黄焖鸡送到堂食客人的桌面上，又跑回厨房做一份新的，接着一边往米线里加肥牛片和火腿肠，一边给外卖小哥卜霖打电话。

第一遍，没有人接。

第二遍，依然没有人接。

范香香气得猛嗑后槽牙，不过想起卜霖超高的颜值，她还是耐着性子再次拨打了对方的电话。

这一次，电话有人接了。

“老板，”卜霖华丽又不失磁性、普通话标准的声音自手机中传来，“帮帮我，我迷路了！”

“……”范香香深呼吸，“你在哪儿？”

“我在……吉祥里南街？”

“你那份餐要送到幸福巷北口，跟吉祥里南街在相、反、方、向！”范香香忍不住对手机话筒咆哮，“你是怎么迷路才能迷到那边去的？！如果你不是长得帅早被人打死了！”

听筒里传来帅哥外卖员小声抽泣的声音——这个月第七次，他又被范香香骂哭了。

范香香忍无可忍地翻了个白眼，挂电话。

她摘下围裙和袖套，对帮厨的彦军说：“军子，霖霖又迷路了，我去给客人送餐。”

彦军敬了个不标准的军礼。

范香香拿上一份黄焖鸡米饭，骑上电动车就往幸福巷北口疾驰，花了 10 分钟飙到地方。她做好被骂得狗血淋头的心理准备，敲响了客人家的门。

来开门的是一位年轻女生，她手里拿着筷子，困惑地问范香香："你是谁？"

"你好，我是范香香黄焖鸡米线的外卖员。"范香香拎起了手里的餐盒。

"啊？可我的外卖 10 分钟前已经到啦！"女生说着笑起来，"是个特别帅的外卖小哥送来的。"

特别帅的外卖小哥？听起来像在说卜霖。可卜霖不是迷路到吉祥里南街了吗？就算飞到这边恐怕也要好几分钟……10 分钟前送到，那不是他们一通完电话，他立刻就到了？

咦，这是怎么回事？

02 外卖小哥是外星人

用餐高峰期总是忙碌得像战争，范香香回到饭馆之后顾不得多问，立刻回到后厨忙活，一直到下午 3 点才清闲下来。

收拾好后厨、洗好碗，范香香留彦军在厨房准备晚饭高峰期要用的食材，自己则提溜卜霖去了休息室。

"说吧，怎么回事？"她像警匪片里审犯人一样，用台灯直射卜霖的眼睛。

卜霖乖巧地端坐在椅子里，满脸无辜："说什么呀，老板？"

"说你怎么在一分钟内从吉祥里南街跑到幸福巷北口的，嗯？"范香香凶巴巴的。

"我，我……"卜霖嗫嚅，俊朗的眉眼乱瞟，像绞尽脑汁编故事的幼儿园小孩。

"说实话！"范香香大力拍桌，她脑子里的剧本是：卜霖明明去了幸福巷北口，但为了偷懒故意说自己迷路，被自己电话提醒后，立刻跑去给客户送了餐。

可现实世界没按她的脑内小剧本演。

卜霖被范香香的拍桌声吓得浑身一抖，伴随“噗——”的一声，他的身体像漏气的气球一样紧缩，在房间里弹来弹去，撞歪了墙上的镜子和桌上的台灯笔筒，最后变成了一个黑乎乎的球状物，笔直地朝窗户飞去。然后被窗户上的隐形纱窗弹回来，直接撞进了范香香手里！

“呀！”卜霖变成的黑球厉声尖叫。

“我去，啊，啊，啊，啊——”范香香抓着黑球跟着大叫，使出吃奶的劲儿，狠狠地把黑球掼向地面。

“啪叽”一声，黑球没声了。

休息室重新安静下来，范香香缩在墙根呼吸急促，两眼紧盯着地上的黑球，确认它不会再动，她才鼓足勇气，从抽屉里拿出电蚊拍，用蚊拍帮地上的黑球翻了个身。

黑球的触感像是香香小时候玩的橡胶弹力球，光滑不粘手。它篮球大小，不是一个完全的球体，长着蝙蝠一样的黑色翅膀和老鼠一样的长尾巴，还长着一对红色的羊角。正面跟背面略有不同，长着眼睛和嘴巴一样的东西，没有鼻子和耳朵……总的来说，很像漫画里的Q版小恶魔。

“这是个什么……”范香香拿手机拍照取证，低声喃喃，“它假扮卜霖，还是……卜霖本来就是这玩意？”

正当她犹豫是不是该报警时，黑球动弹一下，睁开眼睛，发出了微弱的呻吟：“好痛……”

范香香举起电蚊拍做防御状。

黑球哭唧唧：“呜呜呜，老板，不要打我……”声音很耳熟。

范香香咽了口唾沫，试探着问："你，你是卜霖？"

"是的，求求你放过我！"

"你到底是什么玩意儿，弹力球成精？"

"我不是成精，我是个外星人啊！"

在确认外星人卜霖不会伤害自己——就算想伤害也打不过自己——之后，范香香总算坐回桌边，把卜霖摆在桌上，和平友好地展开了地球人与外星"球"的对话。

"你从哪个星球来？"

"我的星球用中文来说，是圆溜溜星。"

"你来地球有什么目的？"

"这个……"卜霖尴尬地在桌面上滚来滚去，"我，我是来地球找对象的。"

"啊？为什么要来地球找？"范香香吃惊地问。

"因为我长得太丑，在圆溜溜星没人要。"卜霖难过地说。

范香香有点茫然："呃，球……还分美丑？"

"圆溜溜状态大家都差不多，可跟地球人类似的人形状态也是我们的常态啊。"

"哦哦，原来你的人形不是你披的人皮，而是你自己？"

"是的。"

范香香松了口气："太好了，不是恐怖科幻的走向。"可她随即好奇地问，"你的人形那么帅，加入偶像男团就是颜值担当……这样还丑得找不到对象？你们星球的人到底有多好看啊？"

"不是，"卜霖在桌上原地转动，大概是摇头的意思，"我们星球的审美跟你们不一样，我的长相在我们那儿算丑得几乎畸形。"他发出抽鼻子的声音。

“那怎样算美？”

卜霖停止转动，有些羞怯地看了范香香一眼，小声说：“嗯……老板这样的，大概就是我们星球的西施水准吧。”

范香香：“……”

范香香扭头看墙上的镜子，镜子里照出她壮实的身材、小麦色发黑的皮肤、毫无特色的平凡五官和175公分的大高个，忍不住喷笑：“哈哈哈哈！真的假的？”

“是真的。”

“我不信哈哈哈哈……如果我在你眼里真的那么美，你怎么还不爱上我？”范香香笑到捶桌，桌子的震动令卜霖一弹一弹的。

卜霖在有节奏的弹跳中嘀咕：“已经爱上你了啊，所以就算老板凶巴巴的，我也要赖在这里做外卖员。”

“……”范香香停止捶桌，面无表情地说，“我听见了。”

03 外卖小哥喜欢我

休息室里一阵令地球人和外星人都尴尬的沉默。

卜霖“嘤”了一声，把有脸的一面转到下面贴着桌面，被范香香抱起来强行翻转。

范香香严肃地质问卜霖：“你说我凶巴巴，嗯？”

卜霖：“……这不是重点？”

“那重点是？”

卜霖眨巴眨巴眼睛，鼓足勇气说：“重点是我爱你啊，老板！”

“你爱我？”活了快30年从没被人表白过的范香香把卜霖放回桌

上，双手抱怀，“你是因为爱我才来我这儿打工的？”

“这，这个倒不是。”

“那你为什么不找别的工作？”

卜霖害羞地滚来滚去：“因为，因为别的工作我都做不好。”

“什么？你们外星人不都很高科技吗？”

“怎么能这么说呢？”卜霖辩解，“你们地球人现在也很高科技啊，可以造核武器，可以载人航天，可以移动消费，但让你去圆溜溜星造火箭你造得出来吗？”

他说得好有道理，我竟无法反驳，范香香内心道。她抽动了下嘴唇，又说：“就算不能造火箭，你也可以做白领嘛……”

“白领也需要大学学历！我为了精通中文已经竭尽全力，哪还有精力学地球常识。”

“所以你到地球来，只能做个薪水低微的外卖员。”范香香开口扎心。

“还是经常迷路的外卖员。”扎心二连击。

“外卖员本身就不好找对象，你还是连外卖都送不好的废材。”扎心三连击。

卜霖看起来又要哭了，他说：“我已经很努力了，其实我很适合做外卖员，因为我们圆溜溜星人圆溜溜状态时能瞬移，像这样。”他尾巴一甩，突然消失。

“咦？”范香香四处寻找。

“我在这里！”窗口传来卜霖的声音，他在窗台上突然出现。

范香香立刻鼓掌：“哇，这个技能很炫啊！”

“可光有这个技能是没用的。”卜霖在窗台上忧郁地 45 度望天，“因为我没有方向感。”

“我们圆溜溜星人是没有东西南北概念的，大家靠磁场自动感应位置。可地球的磁场我们的身体不能识别。人形移动只能靠硬记街景，去陌生的地方送餐就会迷路；圆溜溜形态瞬移则需要在脑子里描绘要去的地方，描绘错了就会传送错误……”

范香香理解了，她同情地点点头，脑筋一转，用力拍手：“啊，我想到了！你没有方向感没法做外卖员，但长得好看可以去做明星啊！明星赚钱多又光鲜，还会有无数地球少女前仆后继跟你谈恋爱，多好？”

卜霖看向范香香，他说：“我做了外卖员后，也想过去做明星，但有两个问题。第一，那些追星少女在我的审美里都有点丑……其他明星对我来说也都是丑八怪，我不想一直跟丑八怪们共事。第二，我，我喜欢你啊，不想跟你分开。”

“呵，外星人，就是这么肤浅。”范香香矜持地冷笑，“你才跟我相处几个月就说爱我？不过是爱慕我的容颜。”

卜霖难过地垂下眼：“被拒绝了啊……”

“不，没有，我允许你做我的男朋友。”谁料，范香香这样说。

“真的？！”卜霖大喜过望，从窗台跳下来，“扑棱扑棱”飞到范香香面前，“老板愿意跟我谈恋爱？可你刚才还说……”

“我只是想说那句台词爽一爽，哈哈哈哈！”范香香伸手摸摸光滑的卜霖，笑得豪气冲天，“爽啊！我也有沉迷于我美色的男朋友了哈哈哈哈！”

04 跟外卖小哥谈恋爱

范香香黄焖鸡米线店的老板范香香谈恋爱了，对方是个特别高、特别俊、对她百依百顺的大帅哥。

“但那男的只是她店里的小外卖员啊……”香河肉饼店的老板说。

“那又怎么样，他长得那么帅！”炸鸡奶茶店的老板反驳。

在这个看脸的世界，高颜值即是正义。

外星人卜霖也遵循着这个逻辑。下午4点多，晚饭高峰还没开始，范香香忙着择菜，卜霖跟着帮忙，手里搓着豆芽，眼睛却粘在她身上移不开。

同样在择菜的彦军“咣当”一声摔了菜盆，黑着脸站起来，指着卜霖的鼻子说：“你出来，我有话跟你说！”

“啊？”卜霖愣住。

“有什么话在这儿说。”范香香接口，抬眼看彦军，“你这两天怎么回事，摔摔打打，鼻子不是鼻子眼不是眼的。你对谁有意见，对卜霖还是对我？”

“你，你们……”彦军气得胸口剧烈起伏，“我对你们俩都有意见！”

“范香香，你怎么想的，居然跟这个小白脸谈恋爱？他除了一张脸还有什么！要啥啥没有，干啥啥不会！你不是一直说不想谈恋爱吗？你既然要找对象，为什么不找我？”彦军大力拍大腿，“我除了长得没有卜霖帅，哪一点不比他强？这么长时间，也就我关心你，跟你一起做生意？！”

“还有你！”彦军又指着卜霖的鼻子喷他，“你才跟香香认识多久，你喜欢香香什么？你是不是看香香有个小饭店，想吃软饭让她养你？！”

卜霖被这一段话吓到，看起来有点想漏气，万幸他hold住了，还勇敢地回答问题道：“我最喜欢香香好看，香香在我眼里美得惊天动地。”

这位外星友人说的是掏心窝的实话，可惜在地球人彦军耳朵里是恬不知耻的吃软饭宣言。

彦军愣是气笑了，指着卜霖问范香香："听听，你听见他说的没有？你就这样被唬住了？"

范香香放下手里的油麦菜："他说他喜欢我是看脸，这个我早就知道了，有什么问题？"

"你！"

"我什么，我怎么了？你们男人可以找个漂亮女人当对象，摆花瓶一样在家里养着，我们女人就不能找个漂亮的花瓶了？"范香香用鼻子哼出一声，"卜霖就算是个废材又怎么样，我乐意养他一辈子！"

彦军脸上怒气消失，取而代之的是一片冰冷。他说："随便你吧。"随后大跨步走出了店门。

范香香收敛满是攻击的表情，怔忪地望着大门，没有注意到她身边的卜霖露出受伤的表情。

这天晚上回家，香香正在用电脑玩绝地求生，忽然感觉膝盖一沉——卜霖变成圆溜溜形态，飞到她的大腿上坐着。

"怎么了？"香香佝偻身体在草丛里埋伏，盯着屏幕问卜霖。

卜霖蹭蹭香香的怀抱，仰脸对她说："香香，我跟你在一起主要因为你的颜值……但这不代表我不喜欢你的内在！你虽然凶巴巴的，但非常能干也非常善良，比如我送外卖总是迷路，你一直骂我却没有干脆辞退我……我……"

"我去！"范香香在游戏里被人两枪打死，止步第3位，十分暴躁。

卜霖却以为对方是在说自己，大眼睛顿时笼上一层水汽，抽抽搭搭地扇着翅膀往外飞。

"霖霖？"听到卜霖委屈巴巴的哭声，范香香总算回过神来，连忙起身抓住黑球的尾巴，将外星人拽回来抱住，"不要难过，我不是骂你，我是闯游戏。”

“你满脑子都是游戏，根本没听我说话……”卜霖控诉。

范香香失笑：“傻瓜，我听见你说话了，我知道你喜欢的不仅是我的脸，还有我的为人……早就知道了。”

“嗯？”卜霖睁大眼睛看着她。

范香香说：“你不要把彦军的话往心里去，也不用担心我被他影响。我今天下午有点不高兴，是没想到彦军竟然这么看我……在他眼里，我似乎是个自卑又糊涂的女人。对自己的外貌不自信，不相信有人会爱我，所以一旦有人赞美我的外貌，我就会稀里糊涂地对对方死心塌地……他今天那话说得好像我范香香找男朋友只能找他，只有他才会明白我的好。

“可事实不是这样的。我从不觉得我长得有多难看，也不觉得不够美会影响我寻找爱情。我相信我有很美好的内在，我配得上任何出色的男人。”范香香骄傲地说完，摸了摸卜霖的头。

卜霖开心得眼睛都笑弯了，他说：“你能这么想真好！那我问你啊香香，你喜欢我什么呢？”

“你长得帅啊！”范香香毫不犹豫地回答。

“还有呢！”卜霖兴奋地问。

“……嗯？”范香香眨眨眼睛。

卜霖笑容垮掉：“除了我在你的审美里长得好看之外，你还喜欢我什么？”

“我，我喜欢……”范香香磕巴，“你是外星人……很，很可爱！对，可爱！”

“哪里可爱？”

“就……很迷糊，没有方向感，总是迷路，胆子小，动不动就哭哭啼啼……”

“这些特点才不是可爱！”卜霖气得跳起来，黑乎乎的球身竟然泛起红色，他大叫道，“我明白了，你就是看我的脸才跟我在一起的！你根本不在乎我的内在！”

“停！”范香香捂住卜霖的嘴，“你这一套一套都是哪里学的？”

“电视里都是这样演的！”卜霖甩脱范香香的手，气呼呼地飞出了窗户。

“卜霖！”范香香站在窗口喊，眼睁睁看对方消失在夜色里：“这是……离家出走了？”

05 外卖小哥离家出走

卜霖的离家出走特别有外星球特色，他一次出走三小时，但这种出走持续了一星期。

伴随离家出走的还有冷战，外星人男朋友最近表现得像是跟范香香只有工作关系的地球外卖小哥，这让已经习惯对方甜兮兮撒娇的范香香适应不良。

于是在第八天晚上，卜霖又一次离家出走时，范香香默默跟上去，决定伺机讲和。

她没有刻意隐藏脚步声，所以卜霖知道范香香就跟在身后。外星人回头看看她，什么都没说，埋头走自己的路。

离开他们同住的家，右拐右拐又左拐，拐到一处居民区。卜霖放慢脚步，一边溜达一边四处打量，如果不是知道他是离家出走，会有种他在饭后消食的错觉。

“霖霖，你在干什么？”范香香凑过去搭话。

卜霖斜眼看她，回答：“记街景。”

“记……你天天晚上出来就干这个？”范香香吃惊，回想一下上个星期的日常，讶然道，“你是不是有一个星期都没迷路了？”

“还，还是迷路了两次的，只有两次！”卜霖诚实地回答，不过立刻为自己辩解，“虽然迷路了，但因为我连续瞬移了好多次，所以没有耽误送餐！累得我头都晕了……”

“瞬移会累？”

“当然啊，瞬移消耗的力气相当于用人形态走到目的地所消耗的力气。假如我瞬移去纽约，一到地方就会累晕过去。”卜霖解释他们圆溜溜星人的能力原理。

范香香拉住他的手，问：“卜霖，那天我们吵架之后，你就每天晚上跑出来记附近的街景了？”

“我是离家出走，顺便记街景。”卜霖有点孩子气地反驳，低头踢地面，“反正我是个只有脸的废材外星人……我想着，起码做个不那么蹩脚的外卖员吧。”

范香香笑出声，靠进卜霖怀里，伸手抱住对方：“卜霖，我找到比你的脸更值得爱的东西啦。”

“是，是什么？”

“首先呢，你很诚实，不会撒谎骗人。其次呢，你很努力，虽然对地球的生活还适应得不那么好，但我相信，你这么努力，一定能成为很了不起的人……不仅能做个合格的外卖小哥，其他任何职业，只要你肯努力，也一定能做到。”

“香香……”卜霖抱紧范香香，蹭蹭地球女孩的发丝。

06 外卖小哥带球跑

落叶飘零，深秋已至。

“咳咳咳……”范香香被流感击溃，浑身乏力地躺在床上，焦虑地一次又一次用手机看时间，“再不开店就来不及了……可感冒会传染，我也没法进厨房啊。”

“喝口水吧。”卜霖端着水进来卧室，扶着范香香小心地喂她喝水，“你生病了，要不要去医院？”

“没事，我吃了药，睡一睡就好了。”范香香瘫回床上，唉声叹气，“可一次感冒要小半个月才能好，半个月都做不成生意……下个月的房租怎么办，物业费也很贵……没用完的食材要不新鲜了。”

卜霖握拳，小声说：“对不起，如果我会做饭，就能帮你开店了。难得我是外星人，不会感染地球的病……”

“没事。”范香香摸大狗一样摸摸卜霖的头发，“还记得你刚来店里做外卖员时总迷路，我就说让你试试帮厨，结果你差点把厨房烧了，哈哈，笨死了……”

“嘿嘿。”卜霖也觉得有点丢脸，傻笑了一下说，“圆溜溜星的食物都是依靠烹调机的，看到明火的灶台我真是吓坏了，彦军还笑话我好久，对了！”卜霖眼睛一亮，对香香说，“我们给彦军打电话，问他能不能来帮忙吧？”

范香香皱眉：“可他因为咱们俩谈恋爱跟我们闹崩了啊……那之后就离开了，不知现在做什么工作。就算他没有心结，也未必有时间来帮忙吧？”

“说得也是。”卜霖知道自己想得太简单，沮丧地叹了口气。

他想了想，说起另一个话题，问范香香：“亲爱的，你喜不喜欢小孩子？”

“喜欢啊，不过我不准备要小孩。”范香香望着天花板说。

卜霖备受打击：“为什么？”

范香香看着他说：“从各方面来说都缺乏条件……你知道我父母早逝，你又是外星人，我们俩都要忙生意，小孩生出来也没人养。养小孩很费钱的，家里的主要收入来源是我的店，我不知道这个收入能不能给孩子最好的物质条件和教育条件……像今天这种我病倒的情况，你一个人能把小孩照顾好吗？”

卜霖眉头紧皱：“可……”

范香香疲惫地抬手打断他，捏捏眉头说：“还有特别重要的两点，第一是我不知道地球人和外星人结合会生出什么……人还是球？第二是，我害怕生产，女人生孩子是鬼门关，我不敢闯……”

卜霖听完，握着香香的手沉思很久，才打定主意道：“圆溜溜星的混血新生儿种族跟生产者有关。由圆溜溜星人孕育生产，混血儿就会像圆溜溜星人；由外星人孕育生产，混血儿就会像外星人……

“而，而且，其实圆溜溜星人无论男女都能怀孕生产。为了香香，我愿意生孩子！我这里已经孕育了一个胚胎，你说……”他不安地抬起头来，却发现范香香不知何时已经睡着了。

“……哎。”卜霖叹了口气，温柔地亲亲香香的额头，“算了，睡吧。胚胎可以在体外保存七天，等你醒来我们再商量。”

可范香香这一睡就是四个小时，中间完全没有醒来的迹象。

用电脑自学高中课本的卜霖感觉不对，暂停授课页面到卧室查看，伸手一探香香的额头，发现对方体温高得像一团火！

“香香，香香你怎么了？”卜霖担心极了，推推地球姑娘，发现她竟没有转醒的迹象。

现在怎么办，打电话叫救护车？可感冒能叫救护车吗，会不会被医生识破自己外星人的身份？卜霖迟疑一下，选择打电话给另一位熟悉的地球人："喂，彦军？我是卜霖！香香感冒，身体很烫，怎么叫都不醒，这是怎么回事啊？"

一个多小时后，范香香被彦军开车送到医院，医生诊断为流感，立刻办理住院隔离治疗。

医院走廊上，卜霖被彦军推得一个趔趄。

彦军脸黑如墨："你们不是恋爱了吗？你就这么照顾香香的？知不知道流感严重的话会死人！"

卜霖被吓住了，不敢置信地问："感冒也会死人？"

"谁告诉你流感跟感冒是一回事？流感算是疫病的一种懂不懂？这点常识都没有，你怎么长这么大的？有什么资格当人家男朋友？范香香今天如果有什么三长两短，你把命赔给她吗？！"

"可香香说……"

"香香说什么你就听什么吗？香香心疼钱，怕麻烦，也怕你担心，所以逞强不愿来医院，你能顺着她吗？你以为爱她只要百依百顺就够了？爱她是要关心她，照顾她，在她做得不对、不好的时候纠正她，帮助她，你做得到吗？！"

卜霖嘴唇颤抖，一个字都说不出来。

彦军逼近他，冷笑："卜霖，你有什么资格做范香香的男朋友？我要是你就主动滚蛋，给真正能对香香好的人让地方。"

卜霖连连后退，直到撞上医院的墙壁，才扶着墙跌跌撞撞走了。

几个小时后，病房里的范香香醒过来。她客气地感谢了彦军的帮助，发现卜霖不在，便拿出手机想打给他，却看到短信箱中有一条来自卜霖的未读短信：

香香，我还有太多东西需要学习，所以我要跟你分开一阵子。不过你不准找其他男朋友，因为你的儿子在我这里。

范香香："……啥？分手信还是威胁信？等等，儿子在他那里……难道我在梦里听他说他能怀孕生孩子——是真的？"

07 外卖小哥出道了

春雨如丝，转眼间，卜霖离开已经半年。

范香香黄焖鸡米线店一如既往地营业，店里没有再聘外卖小哥，外卖由订餐APP的职业外卖员配送……这些外卖员很少迟到，更不要提稀里糊涂地迷路了。

后厨有了新来的帮工，是个初中文凭的乡下姑娘。虽然彦军愿意回来帮忙，可范香香果断拒绝了。

"是因为卜霖？"彦军脸色难看地问。

范香香白了他一眼："不然呢？"

"他到底哪里好？"

范香香耸耸肩说："他是我孩子的爸爸。"

"什么？！"彦军大惊失色，盯着范香香的肚子看了半天，"那，那你现在怎么办，他被我骂跑了……"

"他会回来的。"范香香说，握住彦军的手晃了晃，"谢谢你这次救我，谢谢你一直照顾我。军子，我知道你疼我，我把你当哥哥。"

彦军神情复杂地收下了这张"哥哥卡"，离开之前说："如果孩子要生了卜霖还没回来……你来找我，我跟你一起养。"

路过的客人听见了，用八卦的眼神上下打量范香香，神色似乎在说：让备胎要求喜当爹？想不到这女的有这么大魅力。

谁都想不到范香香有那么大魅力，大家都认为她“包养”的小奶狗跑路了，总是用颇有含义的眼光看她。

范香香腌着鸡肉，听见香河肉饼店的老板跟自家新来的后厨八卦自己的“艳情史”：“哎哟，那个男的真的特别帅，比大明星都帅！”

“真的假的？”新后厨表示怀疑。

“当然是真的！”肉饼店老板说，“这么说吧，你不是特别迷那些韩国‘欧巴’吗，他比你那些‘欧巴’都帅！”

“瞎说，我‘欧巴’最帅！喏，帅不帅？他叫卜霖，是个中国人！到韩国做了三个月练习生就跟着组合出道了，出道就大火特火，特别传奇，以后肯定能成为天王巨星！”

“啊啊啊啊！就是他，就是他啊！”肉饼店的老板尖叫，抢了新后厨的手机就往范香香的店里跑。

香香在厨房里听得清清楚楚，这时也迎出去，接过肉饼店老板手里的手机，看到了 MV 画面里又唱又跳、帅到炸裂的卜霖。

就是那个卜霖，带着她儿子的外星人卜霖！

范香香手都有点抖，在这一刻之前她都没发现自己这么想念对方。她问新帮厨：“这个人……现在在哪里？”

“这个男团现在在韩国活动呢，哎，不知什么时候来中国……”帮厨忧郁地捧脸，又兴奋又嫉妒地问，“老板，卜霖原来真是你男朋友啊？”

范香香顾不上回答，跑回休息室，拿出手机，第几千次试着拨打卜霖的手机。

还是没有人接。

“可恶……”范香香咬牙切齿，气得眼泪都流了下来，“搞什么啊！我还以为回外星球了呢，原来就在韩国啊！去韩国就去韩国，当明星就当明星嘛，说什么要分开……明明就在地球，为什么不跟我联系，为什么不回来看看我？！气死了，难道我只能在这儿傻乎乎地等他回来吗！”

眼泪砸在手机屏幕上，被她粗暴地擦掉。

这时，手机忽然响起来，来电是未知号码。

范香香使劲儿抽抽鼻子，接听了电话，竟然听到卜霖的声音：“香香，你怎么哭了？”

“卜，卜霖？”香香惊得张大了嘴，“你怎么知道我哭了……你在哪儿？”

“我，我也不知道我在哪儿，我迷路了……”

“啊？”

卜霖有点憨地笑：“我们圆溜溜星人能感受到心爱的人在哭！我原本在韩国的宿舍里休息，忽然感觉到你哭，顾不上多想就直接瞬移……结果瞬移到不认识的地方了。”

“你，你……”范香香本来想豪迈地嘲笑他的笨拙愚蠢，一张嘴，勉强压下去的泪意翻涌而来，她克制不住地大哭起来，“你讨厌死了！我好想你啊，哪有你这样偷偷跑路的！我好想你，我想见你，我好想见你！”

下一秒，她就被拥入一个温暖宽厚的怀抱：“卜霖？”

突然出现的卜霖浑身是汗，看上去就要虚脱，却紧紧抱着范香香，看起来坚强又可靠：“是我，香香不要哭，我回来了……我现在是明星，能赚很多钱，帮你分担压力……我也恶补了地球的知识，一定能照顾你，保护你……”

“那些都不重要，你回来就好。”香香把眼泪鼻涕肆无忌惮地往卜霖身上蹭，拖着哭腔问，“你不是迷路了吗，怎么又瞬移过来了？”

“我满脑子都是想见你的念头，就莫名其妙来到你身边啦。”

“那你以后回家都不会迷路了。”范香香紧紧抓住卜霖的衣服，像树袋熊一样抱住了她的桉树。

“是呀，”卜霖亲亲香香的额头，“天涯海角，我都能回到你身旁。”

END

专属于你的
心情晴雨手账

糖

RECORDYOUR MOODS

你的小美好

Your little beauty

由你来书写

You write it

出 品 人 | 朱家君

总 经 理 | 常蓦尘

总 编 辑 | 熊 嵩

执行总编 | 罗晓琴

设计总监 | 李 婕

发行总监 | 章筱迪

执行策划 | 刘 宇

特约编辑 | 夏金铃

装帧设计 | 章 喆 徐 蓉

插图绘画 | 麦茶喵 阿 秋

流程校对 | 陈斯诺 汤诗蕊

宣传营销 | 蒋 惊 蒋 雷

总出品 漫娱文化

关注“@ 漫娱小说馆”

投稿及合作事宜：3210253559@qq.com

微信二维码

微博二维码

图书在版编目（CIP）数据

糖衣炮弹 .2 / 糖糖主编 .—武汉：长江出版社，2018.6

ISBN 978-7-5492-5847-5

Ⅰ. ①糖… Ⅱ. ①糖… Ⅲ. ①短篇小说 - 小说集 - 中国 - 当代 Ⅳ. ① I247.7

中国版本图书馆 CIP 数据核字（2018）第 142346 号

糖衣炮弹2 / 糖糖主编

出　　版　长江出版社

（武汉市解放大道1863号　邮政编码：430010）

市场发行　长江出版社发行部

网　　址　http://www.cjpress.com.cn

责任编辑　张艳艳

特约编辑　刘　宇

装帧设计　章　喆　徐　蓉

印　　刷　恒美印务（广州）有限公司

版　　次　2018年6月第1版

印　　次　2019年9月第4次印刷

开　　本　880mm × 1230mm　特规 1 / 32

印　　张　9.25

字　　数　200千字

书　　号　ISBN 978-7-5492-5847-5

定　　价　36.00元

电话：027-82926557(总编室）　027-82926806（市场营销部）